Charly Delwart

Le Grand Lézard

roman

Flammarion

(Ce livre contient, hors des noms mentionnés, des citations ou reprises de : Bill Bryson / Adam Phillips / Peter Ustinov / Umberto Eco / Yuval Noah Harari / Marie-Louise von Franz / Albert Einstein / Nicolas Bouvier.)

ISBN : 978-2-0814-6940-2

« On a beau rêver de boissons : quand on a réellement soif, il faut se réveiller pour boire. »

SIGMUND FREUD

« Un problème sans solution est un problème mal posé. »

ALBERT EINSTEIN

I

Diagnostic

1

Joe Biden venait de prêter serment, il devenait à soixante-dix-huit ans le plus vieux président de l'histoire des États-Unis. Je regardais sa photo dans le journal, au bar de l'hôtel où j'attendais le distributeur du film que j'avais produit. L'article sur la page opposée montrait celle de Macron qui était à l'inverse le plus jeune président français élu – même s'il était déjà moins neuf qu'à sa traversée du Louvre. Biden faisait figure d'exception quand le monde œuvrait à présent au rajeunissement de la moyenne d'âge des chefs d'État : Carlos Alvarado au Costa-Rica, Volodymyr Zelensky en Ukraine, Youssef Chahed en Tunisie ou Sanna Marin en Finlande.

Depuis peu, je remarquais, l'âge des dirigeants mondiaux était devenu une forme d'obsession chez moi, une quête sous-jacente à la lecture de tout article, je cherchais de façon insidieuse une réponse sans savoir quelle était la question, et vérifiais leurs dates de naissance sur le Net. Le distributeur n'était toujours pas arrivé, je jetai à nouveau un œil aux allées et venues dans la longue galerie. En même temps je n'étais pas pressé de finaliser les modalités de la sortie du film dans quinze jours.

Une héroïne n'avait été sélectionné dans aucun festival majeur et la thématique n'était pas très grand public – une adolescente grecque décide d'arrêter de parler pendant la crise et se met à écrire des slogans sur les murs d'Athènes. Et le dernier film que j'avais produit, qu'il avait distribué l'année d'avant – le biopic de trois heures de Kim Jong-il –, avait été un four en termes d'entrées. Comme c'était lui qui décidait au bout du compte de la bande-annonce, des affiches, du nombre de salles où le film serait projeté, je repoussais le moment de subir ce rapport de force déséquilibré. Son retard était peut-être déjà une façon de souligner que c'était moi qui avais plus besoin de lui que lui de moi.

Ou c'était moi qui étais plus souvent en avance ces temps-ci, pour faire une pause dans ma journée, plus longtemps sous la douche, aux toilettes, dans tout endroit où j'avais le temps de réfléchir à ce qui se profilait et avait un lien avec les politiques. En lisant sa fiche sur Wikipédia, je me rendis compte que Macron avait été aux commandes du pays seulement quatre mois après son trente-neuvième anniversaire. Et le fait qu'il ait été élu, comme les autres jeunes chefs d'État ailleurs, me renvoyait au fait que je ne l'étais pas alors que j'approchais des quarante ans, que je n'avais jamais estimé être en âge d'être président de la République ni même Premier ministre.

La question clandestine dont je cherchais la réponse devint soudain intelligible : pourquoi ce n'était pas moi qui franchissais les portes de l'Élysée ? Intrigué par l'idée, je franchis mentalement à sa place les portes du palais rue du Faubourg-Saint-Honoré pour prendre les rênes du pouvoir, consultant le planning chargé que j'aurais eu alors pour les jours à venir, alors que tout rendez-vous me semblait de trop ces temps-ci, comme celui que j'attendais avec le distributeur qui n'arrivait toujours pas. L'envie de me lever et de partir.

Je recommandai un Perrier à la place, le payai aussitôt pour pouvoir m'en aller dans la seconde sans devoir rappeler le serveur au cas où l'envie deviendrait irrépressible.

Cette pulsion était-elle due à la fin de journée, à un besoin imminent de liberté (l'idée que rien ne me retenait nulle part), un désintérêt pour le film que j'avais produit et qui allait droit dans le mur ? S'agissait-il d'une montée d'angoisse comme j'en avais plus souvent récemment, la sensation de danger imminent créant une survigilance que j'avais déjà connue par le passé (les crises dissolues à force de psychanalyse) ? Ou c'était juste une phase de la vie, de doute – selon Alice, l'approche de la quarantaine dans quelques semaines, un phénomène classique chez un homme ? Dans ce cas, cette phase était maintenant plus aiguë, elle se traduisait corporellement dans le fait de quitter certaines situations pour prendre l'air d'urgence – ce qui aurait un autre impact si je devais diriger la France, mes angoisses déplacées dès lors sur la scène nationale et internationale. Des situations qu'il aurait fallu que je gère en direct quand chaque geste, chaque parole était analysé, relayé, commenté.

Pourrais-je fuir ou prendre l'air d'urgence en pleine allocution devant les Nations unies, alors qu'une attaque de panique serait en train de monter ? Le risque de heurter le protocole ou les sensibilités surgirait si je devais vaciller et partir dans la minute sans raison immédiate lors de la visite d'un village frappé par un séisme ayant fait des milliers de morts, ou des troupes dans un pays en guerre.

Ne rien écouter des débats au G7, concentré sur le fait de ne pas m'évanouir, créerait de potentiels incidents diplomatiques, comme chercher la sortie la plus proche lors d'un tête-à-tête avec Vladimir Poutine, ou sentir un décollement du poumon en pleine intervention au journal de 20 heures et devoir aller immédiatement à l'hôpital le plus proche faire une radio. Le dilemme de prendre ou pas un Xanax tandis que se tiendrait là un comité militaire pour décider s'il fallait ou non déclencher une attaque au Proche-Orient. Il devait tout de même y avoir des avantages liés à la fonction. Le staff environnant à disposition pourrait faciliter les choses dans les montées d'angoisse, le prétexte de devoir résoudre une crise européenne existerait toujours pour me sortir d'une réunion, mais ces avantages semblaient minimes en comparaison.

Je relativisai soudain l'enjeu du rendez-vous à venir quand j'aperçus le distributeur arriver à l'autre bout de la galerie, me cherchant parmi la multitude de canapés et sièges.

2

Son crâne dégarni refléta la lumière à mesure qu'il traversait le rayon de soleil issu de la baie vitrée, longeait celle-ci pour continuer de regarder autour de lui, et je ne fis aucun effort pour qu'il m'aperçoive. Sans me cacher, je fis semblant de ne pas le voir pour lui laisser ce moment de solitude, comme un léger avantage psychologique que je me donnais à mon tour. Puis il fut devant moi et j'affichai le plus grand sourire en lui serrant la main.

« Ça fait longtemps que tu es là ?

— Non, je viens d'arriver. »

Main moite, yeux ronds derrière ses lunettes rondes, ses cheveux formaient un demi-cercle supplémentaire d'une oreille à l'autre, le type de calvitie que j'avais redouté il y a quelques années comme je commençais à perdre mes cheveux et que j'avais eu l'impression que je serais un jour inexorablement chauve. Je me rappelai une idée que j'avais eue si cela devait se confirmer : organiser une cérémonie le jour de mes quarante ans pour les raser une fois pour toutes, accepter l'alopécie devant tous. Chaque invité pourrait repartir avec un sachet contenant quelques cheveux en souvenir de ce jour, de la personne chevelue que j'avais été ou du cap que j'aurais franchi avec eux, comme un rituel de passage. À un moment il fallait trancher certaines choses – ce que certains manifestement ne faisaient pas, prolongeant une jeunesse perdue sur leurs crânes dégarnis, ébouriffant des touffes fillasses pour se donner l'illusion qu'elles prenaient encore de la place. Finalement, à quelques semaines de l'échéance des quarante ans, cela semblait moins inexorable, je ne les perdais pas suffisamment, rien à voir avec lui qui commanda un café, parla de sa journée, des embouteillages (d'où son retard). J'avais même encore une certaine tignasse quand je regardai brièvement mon profil dans le reflet de la vitre, passai les doigts dans mes cheveux sauvages avec l'impression de tenir quelque chose d'honorable en main. Avais-je perdu aussi une clairvoyance sur moi-même ?

En y repensant, j'avais aussi imaginé l'alternative de cacher sous une kippa l'essentiel de la perte qui affectait principalement le haut du crâne. Cela aurait pu être un pitch basique de comédie : l'histoire d'un homme qui déciderait un jour de porter une kippa pour cette raison, sans trop réfléchir, et l'enchaînement de faits qui découleraient de cette judéité soudaine, hors de son contrôle. Le genre de projet pour lequel les choses auraient été plus simples que pour

Une héroïne, je le vis à la tête de mon interlocuteur lorsqu'il aborda le sujet.

« Les programmateurs n'ont pas accroché, ni les principaux partenaires médias. En province, le film ne fera aucune entrée à mon avis. Il faut attendre maintenant les retours de la critique après les projections presse des prochains jours, mais c'est mal parti. »

Il laissa un silence, puis me regarda avant de lâcher :

« De toute façon, ça ne sert à rien qu'il y ait un affichage, ni même d'affiches. Ça ne sert pas tant que ça pour ce genre de films, ce qui compte c'est un bon bouche-à-oreille. »

Il guetta ma réaction dans un nouveau silence destiné à me laisser digérer le fait que la sortie serait vraiment minimale. Alors qu'avec le long-métrage sur la kippa, le rendez-vous se serait déroulé dans la chaleur propre à ceux qui travaillent sur un projet plus drôle, moins plombé d'avance ; la perspective de plus d'argent à la clé ou d'un succès populaire relaxant tout le monde immédiatement. Je pouvais déjà imaginer les affiches évidentes, partout dans la ville. Une tête dégarnie de dos surmontée d'une kippa, et une phrase d'accroche du genre : *Juif plutôt que chauve*, ou : *Certains choix religieux sont parfois des questions esthétiques.* Mais les films exigeants demandaient plus d'ardeur, les films ennuyeux peut-être aussi d'ailleurs – souvent la différence était ténue. Les films difficiles à monter financièrement ou à défendre supposaient de la conviction de la part des spectateurs, du courage pour aller jusqu'au bout alors que certains (ou la plupart) préféraient plonger dans une salle obscure pour oublier les problèmes du monde et les leurs ; que le projecteur éclaire n'importe quelle autre chose pendant une heure et demie, tant que cela les faisait rire.

Le distributeur et moi étions toujours plongés dans un silence que je n'interrompis pas, ce qui aurait pu être un jeu tacite, même si rien dans l'échange entre nous ne semblait l'indiquer.

On avait beau se connaître, il semblait me jauger avec froideur, comme si on se voyait pour la première fois, ou c'était le genre de films que je faisais qu'il me reprochait – du cinéma peut-être, mais pas en phase avec la réalité du marché. Et *Une héroïne* ne correspondait pas, maintenant achevé, à ce que je lui avais vendu sur scénario : un potentiel de drame de prestige qui raflerait tout en festival, du James Gray, du Bong Joon-ho ou du Ken Loach ; c'était plus un petit drame. En même temps le film était à l'image de la vie. La plupart des drames n'étaient pas des séparations tragiques, des exils insupportables, des errances à travers les continents ou des événements de l'intensité d'inondations ou de tremblements de terre ; comme les vies humaines n'étaient pas toutes faites d'actes extraordinaires. Mais ce n'était pas un argument, ni le débat ; selon lui on allait droit à l'échec, donc autant limiter les dégâts surtout dans un contexte économique difficile. Cette fois je n'avais pas envie de le convaincre de mettre plus de moyens, ressortir des arguments standards, qu'un film était un prototype, qu'il y avait la promesse d'un cinéaste. Et si j'étais moins investi, par effet de compensation, il le serait peut-être plus (cela restait un projet commun).

Je brisai quand même le silence pour reparler de l'affichage, car un film sans affiches, c'était bizarre. Comme un livre sans couverture, ou un steak sans papier protecteur, que le boucher vous donnerait directement de la main à la main :

« Ce serait comme si le film n'existait pas vraiment. Et pour le réalisateur, c'est cruel.

— Si tu y tiens. Mais on est d'accord que ça servira juste à ce qu'il puisse en encadrer une pour la mettre dans ses toilettes ? »

J'acquiesçai d'un haussement d'épaules qui pouvait être interprété aussi comme le fait que je n'acquiesçais pas spécialement alors qu'il parlait du film déjà au passé, comme s'il n'y avait plus rien à attendre de la sortie le mercredi suivant, avant de conclure :

« C'est comme ça de toute façon, c'est dommage. Après ça, le fait que l'héroïne décide de ne plus parler dès le début de l'histoire réduit sérieusement les dialogues, ça ne facilite pas l'accès au film. »

Pour finir le rendez-vous, il demanda quels autres projets je développais en ce moment, plus par déformation professionnelle que par réelle envie de collaborer prochainement avec moi. Ça ne servait à rien de lui proposer un nouveau projet mais il manquait un distributeur pour *Le Dossier Guatemala*, et je ne pouvais pas descendre plus bas dans l'échelle de mon utilité pour lui. Je lui en parlai donc rapidement au cas où.

« Un long-métrage sur la propagande mise en place par l'entreprise bananière United Fruit aux États-Unis dans les années cinquante, afin de destituer le nouveau président guatémaltèque élu, Jacobo Arbenz Guzman. Celui-ci veut réformer des lois contre les intérêts d'United Fruit qui engage alors Edward Bernays, neveu de Freud, fondateur des relations publiques et de la manipulation des masses, pour mener une campagne de fausses rumeurs afin de convaincre la population et les politiciens américains que Guzman représente une menace communiste pour les États-Unis. »

Comme il ne réagissait ni dans un sens ni dans un autre, je continuai au cas où son absence de réaction révélait un intérêt latent.

« Le travail de discrédit mené par Bernays conduit Eisenhower à envoyer quatre cents hommes entraînés par la CIA pour renverser Arbenz. Un régime répressif est instauré, avec pour résultat quarante ans de guerre civile, deux cent mille hommes tués et la disparation de cent mille autres. C'est la professionnalisation des fake news. »

Mais le distributeur fit un non de la tête, presque imperceptible.

« Et un projet de série sur le réveil du Vésuve, un nouveau Pompéi aujourd'hui. La ville dévastée et quatre millions de Napolitains recasés dans des camps, devenus des migrants dans leur propre pays. »

Il ne distribuait pas de séries, mais je lui en parlai plus pour montrer que j'avais des projets qui ne le concernaient pas. D'un autre côté, cela pouvait donner l'idée, entre la Grèce et l'Italie, que mon line-up était centré sur le bassin méditerranéen, comme une vraie volonté éditoriale or c'était un hasard.

Il se leva sans réagir, son silence était davantage une absence dont il sortait lentement, acquiesçant l'air de dire j'ai enregistré les idées, on en reparle plus tard, ou non ; sans demander qui payait la note que le serveur tendit, entendu que ce serait moi alors que, si l'on suivait la chaîne alimentaire du cinéma, chacun invitait normalement plus petit que soi. Comme un accord tacite en compensation de l'avoir mangé dans les négociations, ou comme avec un ami dans le besoin – c'était donc à lui de la régler. Sauf que là, c'était lui qui allait perdre de l'argent, il pouvait au moins économiser sur le café.

En me serrant la main, il pointa de la tête le journal que j'avais tenu dans l'autre main tout le long du rendez-vous, ouvert sur les photos de Biden et Macron, demanda si j'avais fini – il voulait lire les critiques des films sortis aujourd'hui – ou si je voulais le garder car j'avais l'air d'y tenir.

3

Les grilles du parc ouvraient sur un paradis que j'avais attendu toute la journée, je les franchis pour remuer bras et jambes de façon ample et me mettre dans l'état d'esprit : sportif, combattant, nouvelles chaussures aux pieds, rejoignant la communauté des joggeurs. Chacun était à des stades divers : ceux qui s'échauffaient, ceux en pleine action, ceux déjà aux étirements, essoufflés, en sueur, mais tous partageaient implicitement une compréhension de l'essentiel, que l'entretien du corps était vital pour soi, pour l'humanité entière.

Un instinct de préservation faisait que je m'y étais remis depuis peu. Le même instinct de préservation faisait que je courais à mon rythme, sans véritable défi ; comme à ski, passé un certain moment, le ratio entre l'adrénaline de la prise de risque et le confort du retour sans jambe cassée penche clairement en faveur de la seconde option. Moins ludique que le tennis, qui aurait pu être une alternative, le jogging avait l'avantage d'être praticable n'importe où, avec la possibilité de s'arrêter à n'importe quel moment (l'équivalent sportif de payer son Perrier d'emblée pour pouvoir partir dans la seconde au cas où, sans devoir se justifier auprès de son partenaire de jeu ou mentir en milieu de set).

Dès les premières foulées, la nécessité m'apparut évidente, il fallait rompre le cercle vicieux : la fatigue empêchait de faire du jogging, ce qui fatiguait plus encore. Déjà je sentais le bien-être se répandre dans mes veines, devenais soudain un autre homme à mesure que je croisais en sens inverse des têtes déjà croisées qui visiblement mettaient moins de temps que moi pour accomplir un tour complet du parc, et que je dépassais des vieilles femmes chinoises adeptes de la marche rapide, chacun à son rythme. La vibration dans ma poche me fit sortir mon téléphone pour lire le SMS d'Alice : *Tu peux acheter une bouteille de lait pour les enfants en revenant ?*

Non.

Ma réaction me surprit, mais il n'y avait aucun doute sur la réponse, une pulsion spontanée à ne pas le faire ou à dire non. Je continuais de fouler le bitume, parmi la foule de demi-dieux et demi-déesses concentrés sur le travail à abattre au nom de la survie de l'humanité ; chacun seul avec lui-même, en train de faire le vide dans son esprit, suivre le rythme de la musique dans ses oreilles, regarder les mètres avalés, la ville en contrebas, les arbres ou l'agitation non coordonnée des non-sportifs (assis sur les bancs, léchant des glaces ou des cigarettes, rappelant leur chien ou leurs enfants partis trop loin), ou chacun réfléchissait en action quand la libération des hormones éclaircissait les pensées.

Je repensai à ma réaction au SMS. Ce *non* spontané était-il dû à la journée complexe que j'avais passée, un mauvais timing – le message d'Alice arrivé à un moment où rien ne devait se mettre entre le sport et moi –, ou avait-il un sens plus vindicatif : *fais-le toi* ?

Je me rendis compte que la vibration dans ma poche n'était pas une question d'acheter du lait ou le rappel d'une tâche ménagère, mais le signe de quelque chose auquel résister de façon plus générale : ma relation s'était muée en une longue organisation pratique, le quotidien à deux devenu la gestion opérationnelle d'un foyer avec deux jeunes enfants (sept et quatre ans) comme s'il s'agissait d'une PME. Et si tout allait bien entre nous, si nous étions un couple avant d'être une entreprise, la réponse spontanée aurait été : *Oui mon amour*. Mais les choses n'étaient plus comme avant, sans que je puisse dater cet avant ; aucune frontière claire si ce n'est qu'on était indéniablement entrés dans l'après. La relation était devenue plus compliquée, une distance, des tensions latentes.

Nous étions tous deux sous pression depuis quelque temps par nos boulots respectifs, même si l'essentiel était que j'aimais Alice et elle en retour. Mais ce quotidien nous empêchait pourtant d'accéder au fondamental, comme si dans les faits on s'aimait moins, évoluait en parallèle. Et quand le quotidien ne roulait plus sur les rails de l'essentiel, chaque incident prenait potentiellement l'ampleur d'un accident ferroviaire.

Il n'était pas question d'analyser la charge mentale de chacun, qui faisait quoi dans l'appartement ou pour le foyer, ni de comparer le stress de mon métier de producteur et du sien d'avocate : d'un côté un film sur lequel je travaillais depuis trois ans allait se planter, de l'autre un client qu'elle défendait depuis trois mois allait vraisemblablement écoper de quatre ans de prison ferme pour détournement de fonds publics. Parfois pourtant, elle semblait implicitement estimer son travail plus en prise avec la réalité concrète du monde que le mien qui se fondait sur la fiction. Pour autant, l'échec annoncé d'*Une héroïne* était bien une réalité pour le réalisateur et moi qui l'avions peut-être moins mérité que son client. Et la fiction était ce qui avait aidé les hommes à bâtir les sociétés ; les frontières, l'argent, le droit en étaient aussi. Mais ce n'était pas une raison pour que mes enfants soient privés de lait.

Sur ma droite j'aperçus un petit homme très âgé, ou peut-être juste courbé par l'effort, arriver graduellement à ma hauteur. Une excitation traversait son visage de septuagénaire à l'idée de me dépasser, concentré le fait d'y arriver, montrer qu'il tenait la forme ; manifestement il y jouait quelque chose. Maintenant que nous étions tous deux côte à côte, j'hésitai à accélérer pour lui prouver qu'il se trompait sur mon compte, que j'avais juste décidé de courir calmement aujourd'hui. Mais cela aurait pu être un credo : faire exprès de courir lentement pour rassurer les personnes âgées sur leurs capacités physiques. Nos pas se coordonnèrent quand je me calai sur son rythme alors qu'il tentait toujours de me distancer, comme dans une scène de duel au ralenti qu'on aurait pu filmer telle quelle dans la mesure où nous avancions réellement lentement, tandis que d'autres nous dépassaient allègrement mais c'était égal, la tension dramatique prenait place entre lui et moi. Je fis semblant de souffrir pour rester à sa hauteur, le regardai l'œil inquiet avant de m'arrêter à court de souffle, abandonnant de façon ostentatoire pour lui accorder qu'il était le plus fort, fair-play, content pour lui. Une forme d'altruisme récompensée quand je le vis sourire et s'éloigner d'une allure qui se rapprochait de la marche rapide des semi-marathoniens. Rien ne se jouait là pour moi.

Rien ne se jouait non plus sur cette bouteille de lait, il fallait relativiser, assouplir la tension générale au moment où la décharge d'endorphine avait relâché la mienne. Je franchis en sens inverse les grilles du parc ; poussant dans la foulée jusqu'au supermarché près de la maison pour prendre un pack de six bouteilles de demi-écrémé.

4

Alice se retourna quand j'ouvris la porte d'entrée, me donna un baiser furtif en passant dans l'entrée alors que je m'apprêtais à l'embrasser à pleine bouche. Et dans la poursuite du sport et la montée d'endorphine, pourquoi pas, faire l'amour là debout contre le mur. Je la serrai contre moi mais elle était en retard pour son dîner. Alice qui n'avait pas le temps et eut un mouvement de recul devant la sueur.

« Tu as acheté le lait ? »

La relation entre nous était organisationnelle et furtive, des petits baisers en vitesse en attendant le retour des îles grecques, de la chaleur entre nous, alors que j'avais envie de lui détailler des formes de sexualité plus amples, plus débridées. Il fallait briser ce cercle d'inertie aussi : les tensions menaient à ne pas faire (souvent) l'amour, et ne pas faire (souvent) l'amour renforçait les tensions – la problématique du jogging mais au niveau du couple. Mais je ne pouvais pas briser seul ce cercle. Alice repassa dans la pièce, je la regardais pour guetter si elle se rendait compte de tout cela, avec l'envie de lui dire qu'il fallait être vigilants. Si cet état temporaire entre nous se prolongeait, cela risquait de devenir à force une nouvelle réalité qui écraserait l'essentiel sous son poids de plus en plus lourd au point de le faire disparaître à jamais. Est-ce que je dramatisais – car quand on doute, on peut voir partout des éléments alimentant le doute, comme quand on est amoureux, on a l'impression que tout parle d'amour ? Ou se résignait-elle à ce qu'un couple après dix ans devienne cela ?

Elle me fixa soudain, en souriant.

« Tu as une drôle de tête, tu devrais y aller doucement sur le jogging.

— Ou toi tu pourrais faire du jogging avec moi, t'y mettre.

— Je déteste ça, tu sais bien. Aucune chance.

— Ou n'importe quelle autre forme de jogging. »

Alice me regarda sans comprendre, haussa les épaules l'air de dire désolée, et je ne voyais pas, de mon côté, comment aborder le sujet. Or ce n'était pas moi qui étais compliqué ces temps-ci, susceptible ou en crise, nous l'étions elle et moi, même si mon état d'esprit des dernières semaines n'avait pas amélioré les choses, sans les empirer non plus. Il fallait qu'elle en ait conscience aussi, qu'on sache tous deux qu'on était au courant qu'il y avait un problème pour pouvoir le résoudre sereinement ensemble plus tard. La situation m'atteignait peut-être plus qu'elle – les hommes plus sensibles à l'évolution de la relation tandis que les femmes portent davantage d'attention à ses débuts ? Mais ce n'était pas le moment de chercher à avoir la réponse, elle avait enfilé sa veste, signala que les enfants attendaient que je leur dise bonsoir, me redonna un baiser furtif et claqua la porte.

Nils et Ève étaient déjà endormis. Un calme émanait de leur sommeil où les pires cauchemars étaient qu'un camarade leur prenne leurs jouets ou leurs bonbons – ils ne se rendaient pas compte de la chance qu'ils avaient que cela soit leur souci maximal. Je les regardais en silence, leur respiration apaisante.

« Tu crois en Dieu ? »

Nils s'était retourné quand je m'étais penché pour l'embrasser, il me regarda en attendant la réponse.

« Tu ne dors pas ?

— Non. Alors, c'est oui ou non ? »

La réponse n'était pas si simple, et je me posais davantage la question pour eux : quelle éducation religieuse leur donner ? Aucun des deux n'avait été baptisé et Nils approchait l'âge de la première communion. Alice étant athée, pour elle la question était réglée ; mais pour moi elle n'était pas tranchée, même si cela aurait été utile d'avoir une position claire. Éduqué dans la religion catholique – parents croyants, réguliers à la messe, suivant principalement les dates clés du calendrier chrétien –, je me rappelai les grands émois pieux que j'avais eus enfant certains jours dans les églises. J'avais délaissé ensuite la religion catholique en même temps que l'enfance, sans pour autant rompre avec elle définitivement – une spiritualité imprécise encore logée en moi, un lien à l'Univers, aux éléments. S'agissait-il vraiment d'une spiritualité ou juste la conscience de faire partie d'un vague Grand Tout ? Je m'en tenais à une phrase de Woody Allen : *J'ai fait un deal avec Dieu, je ne crois pas en lui et il ne m'en veut pas*. Entre-temps, l'éducation religieuse de Nils et Ève se faisait sans nous, à l'école ; ils revenaient à la maison nous raconter la Résurrection, chantant des chants religieux quand ils étaient très excités, allaient à la messe à Pâques et Noël avec leurs camarades et nous leur achetions des calendriers de l'Avent, qui étaient moins des éléments religieux qu'un compte à rebours avant une avalanche de cadeaux.

« Ça dépend. »

Nils resta perplexe devant ma réponse, alors que je me demandais de quoi ça dépendait. Ne pas avoir de position claire à lui donner pouvait d'un autre côté être une éducation en soi, l'apprentissage de ce qu'était vraiment la religion : un rapport individuel, changeant, évolutif, fait d'élans, de doutes, de moments de solitude, d'abandon et de signes.

« Moi j'y crois », dit Nils.

Il me montra une petite lampe en forme de bougie plate posée sur sa table de nuit, qu'il avait reçue à l'école, Ève aussi, qu'ils pouvaient allumer s'ils se sentaient tristes. Celle-ci symbolisait la présence de Jésus – mais pour eux la bougie n'était pas le symbole mais la présence même de Jésus, qu'il suffisait d'activer en pressant d'un clic sous la bougie, ce qui était pratique. Il l'alluma pour me montrer, en souriant, dit que s'ils faisaient un cauchemar ou avaient un coup de blues, ils avaient ainsi le choix entre nous appeler nous, leurs parents, ou Jésus, ce qui semblait déjà un choix majeur pour des enfants si jeunes, de quoi constituer le commencement d'une psychanalyse plus tard. J'avais eu à un moment l'idée de tenir un carnet avec ce genre d'éléments de leur enfance : choix impossibles, événements traumatiques, phrases clés, et leurs dates d'apparition, afin de leur faire gagner du temps s'ils faisaient réellement une psychanalyse ou s'ils bloquaient dans l'avancée de celle-ci. Il était peut-être temps de commencer à tenir ce carnet (à moins que ce carnet puisse être en soi un élément à même de les projeter chez le psy).

Ève rouvrit les yeux à son tour quand je m'approchai d'elle, dit qu'elle avait vu une mouche voler, ou une escalope, et ça ne lui faisait plus peur. Je la félicitai sans chercher à savoir ce qu'elle désignait par escalope, l'important était qu'elle soit passée au-dessus – ou elle avait peut-être vraiment peur que les escalopes puissent voler et ça demandait une vraie discussion qu'il était trop tard pour avoir.

Je leur dis de dormir maintenant mais Nils demanda :

« J'aimerais que tu produises mon film.

— Quel film ?

— Celui que je veux faire, j'ai déjà l'idée. »

Il montra son carnet, posé à côté de la bougie.

« C'est un personnage qui s'appelle *Ma vie est géniale*, son meilleur ami c'est son pire ennemi, mais je ne sais pas comment il faut l'écrire pour que ce soit un film.

— Je te montrerai demain. C'est bien comme idée. »

Je l'embrassai de nouveau mais Ève se releva :

« Comment tu trouves tes idées de films ?

— Ce sont des gens qui me les envoient ou me parlent des leurs.

— Et eux, où ils les trouvent ?

— Dans leur tête, ou autour d'eux. Ils regardent ce qui se passe, ce que vivent les gens et ça leur fait penser à une histoire. »

Nils dit que c'était facile mais Ève trouvait que non, et ce n'était pas ça au fond sa question :

« Moi je raconte pas bien les histoires, je donne trop de détails, mais tant pis je les raconte quand même.

— C'est bien les détails, ça permet à celui qui écoute l'histoire de tout imaginer, c'est important. Bonne nuit. »

Je m'étonnais parfois d'avoir fait ces deux êtres (avec Alice), quand chacun m'apprenait un élément fondamental sur le genre humain, un trait de caractère que je n'avais pas à leur âge : une capacité à être frondeuse pour ma fille, une confiance absolue pour mon fils ; les deux dans la sérénité totale d'être aimés par des parents formant un couple uni (de leur point de vue, comme deux joggeurs harmonieux qui avançaient en parfaite cadence). J'aurais pu en faire une dizaine, repeupler la planète pour comprendre davantage l'espèce humaine, sa diversité et sa capacité psychologiques.

Le rôle de père m'était apparu comme une évidence, un état latent révélé à la naissance de mon fils. J'avais lu *La Route* de Cormac McCarthy pendant la grossesse d'Alice pour m'y préparer – l'histoire d'un père et de son fils qui tentent de survivre dans un monde postapocalyptique –, envisager ainsi le pire scénario possible en vue de ma nouvelle responsabilité, protéger et aider à vivre un être qu'on avait mis au monde et dont la survie m'incombait. Depuis, l'évidence perdurait.

La seule évidence dans ma vie, j'avais l'impression.

Retourné dans le salon, j'hésitai entre les *Mémoires* de Churchill que j'avais dû acheter inconsciemment pour m'instruire sur mon rôle potentiel de chef d'État, un livre sur Magellan et un autre sur l'histoire de l'Univers que mon père m'avait offert un an plus tôt, que je venais de commencer comme pour remettre certaines choses en perspective. Ou regarder une énième série télé de plus avec le prétexte professionnel de me tenir au courant de la production actuelle – avec comme l'impression de devoir choisir entre des crudités et des chips en cas de petite faim, d'une option objectivement plus valable que l'autre. Et je me demandais si ce choix d'une façon résumait ma vie.

Diagnostic

Il n'était que vingt et une heures trente, je déambulais dans l'appartement, me demandant ce que j'aurais pu faire d'autre ce soir que rester chez moi, et pourquoi je ne le faisais pas. Avait-on le droit d'être casanier comme je l'étais récemment (hors pics de pandémie), ou n'avait-on droit qu'à un quota limité de soirées chez soi par semaine que j'excédais ? Avais-je toujours été comme ça au fond et avoir des enfants m'avait aussi donné une raison de ne pas sortir (sans être la raison principale de les avoir engendrés), comme pour certains le confinement avait donné une excuse toute trouvée ? Je commençais pourtant à avoir un âge auquel il y avait moins de pression sur le sujet, pouvant davantage ne pas sortir à ma guise, et la suite ne ferait qu'aller dans ce sens – plus aucune pression à quatre-vingts ans, l'autarcie pouvant prendre le dessus sur le reste.

Je finis par regarder les infos, un entre-deux.

Le choix des olives.

II

La visitation

5

Dans la lumière vive qui filtre à travers les rideaux entrouverts, je regarde mes orteils se dessiner sous la couette, au milieu du matelas, et quelque chose cloche. Je les remue pour vérifier que ce sont les miens alors que je ne remplis pas le lit de tout mon long, comme si j'étais plus petit en taille ou que le lit était soudain plus grand, mais ce sont bien mes orteils, du moins ils répondent aux stimuli. J'effectue un léger saut pour atteindre le sol au moment où Alice revient de la salle de bains, se penche pour m'embrasser et je me hisse sur la pointe des pieds pour faire de mon côté la moitié du chemin entre nos deux visages. Sa langue tourne de façon langoureuse autour de la mienne, Alice me roule une pelle insensée puis s'arrête et me sourit, candide.

« Bonjour mon amour. »

Le regard dirigé vers le haut, je la fixe bizarrement, mais tout semble normal pour elle quand elle me demande ce qu'il y a.

« T'as une drôle de tête.

— Non, rien. »

La même étrangeté continue pourtant quand j'effectue des gestes simples qui ne le sont pas tant que ça : atteindre le mitigeur de la douche, un yaourt dans le frigo. L'impression dérangeante continue à mesure que dehors, en route vers mon bureau, je me fraie un parcours à travers les passants qui ne me voient pas tout de suite, ma tête au niveau de leur torse. Je ne comprends pas ce qui se passe. Devant la vitrine d'un magasin, je regarde mon reflet, constate que je suis visiblement plus petit que d'habitude. Un autre corps mais le même visage, proportionné au reste, je me reconnais dans l'image devant moi.

C'est un rêve sûrement, mais tout ressemble à la réalité.

Tout est la réalité sauf moi, ou c'est moi mais différemment quand j'emprunte le trajet habituel, passe devant l'Église de scientologie au coin de la rue, parcours encore cinquante mètres sur le trottoir pour traverser l'artère bondée et entrer dans le bâtiment. Dans le hall, je croise des têtes familières qui me saluent, je les salue en retour, celles-ci franchissent les portes automatiques qui mènent vers l'ascenseur. Voulant les ouvrir à mon tour, je me rends compte que j'ai oublié mon badge, normalement il n'y en a pas, ni portes automatiques ni badge – du moins il n'y en avait pas hier ni les jours d'avant. Pour que la standardiste m'aperçoive, je lève la main, la fait dépasser du comptoir de l'accueil. La standardiste finit par m'apercevoir, me reconnaît et ouvre les portes. Dans l'ascenseur que je prends tous les jours, je ne parviens à appuyer sur le bouton du neuvième étage qu'après une contorsion vers le haut, doublée d'un saut. Comme si tout était plus difficile. Je ne l'ai pas ressenti aussi clairement depuis le réveil mais je le ressens là, y songe en prenant l'appel sur mon portable de l'agent de B., l'acteur voulu pour *Le Dossier Guatemala* que je cherche à joindre depuis dix jours.

Elle a lu le scénario qu'on lui a envoyé, elle aime beaucoup le rôle du président Arbenz ; son talent B. aussi, fasciné par ce que le récit dit du monde, de la manipulation politique et du courage d'un homme contre les États-Unis, et par l'idée de jouer une personne réelle. L'agent est étonnamment avenante, ne pose d'emblée aucune condition impossible ni ne formule de demandes extravagantes, mais rien d'anormal à part ça, rien qui ne détonne avec la réalité. Rien ne détonne avec la réalité non plus pour ma nouvelle assistante, arrivée il y a deux mois, quand les portes de l'ascenseur s'ouvrent sur la pièce principale.

Derrière son bureau, Eleanor me dit qu'elle doit faire un point, je lui dis qu'on peut le faire maintenant ; elle me suit jusqu'à mon bureau, mais mon siège est trop haut. Eleanor me regarde désolée :

« L'escabeau que vous avez commandé n'est toujours pas arrivé, je vais les rappeler mais si vous voulez, en attendant, je peux appeler les services généraux de l'immeuble pour voir s'ils n'ont pas quelque chose pour vous dépanner. »

Je ne vois pas de quoi elle parle tandis qu'Eleanor attend une réponse, se penche pour me faire la courte échelle, et que sa forte poitrine se comprime vers le haut dans le mouvement de ses bras tendus vers mon pied.

« Non, il ne faut pas les appeler. »

J'ajoute que je n'ai pas besoin de son aide.

« Sérieusement ? »

Eleanor me fait un clin d'œil ambigu, ses mains toujours jointes à hauteur de mon genou. Je ne comprends pas si l'ambiguïté est dans la situation – l'air de dire, ce serait quand même plus facile avec un escabeau – ou si elle est là entre nous, son aide comme les prémices d'autre chose alors que je parviens à me hisser seul sur le siège et qu'elle accompagne mon mouvement, ses seins poussés plus en avant encore quand elle lève les bras au plus haut comme un crash test.

« Sérieusement, non. »

Et ça rime à quoi cette situation ? Qu'elle arrête de faire comme si tout était normal, je ne suis normalement pas de cette taille, elle me voit tous les jours depuis deux mois, si elle continue je la vire ; et si ce n'était pas un rêve ? J'ai un doute soudain. Sur la table, après m'être calé au fond du siège, je regarde la photo d'Alice, Nils, Ève et moi – plus petit qu'Alice, légèrement plus grand que Nils, les mêmes traits de visage mais proportionnés en fonction des soixante centimètres en moins que ma taille habituelle. Et si j'avais toujours été quelqu'un de petite taille mais que, pour une raison étrange, je ne m'en étais pas souvenu ce matin ? Ça semblerait bizarre à Eleanor qui ne comprendrait pas ma réaction, et qui continuait de me regarder avant que je répète :

« Sérieusement, non, c'est bon. Et on fera le point plus tard. Vous pouvez fermer la porte en sortant. »

En se fermant, la porte claque démesurément alors qu'Eleanor l'a fermée a priori doucement. Bam.

Le bruit était en fait celui de la porte de la chambre qu'Alice avait claquée en entrant. J'ouvris les yeux, vis ses pieds s'approcher du lit, sa bouche m'embrasser furtivement. Elle devait y aller, dit en repartant :

« Il est huit heures, j'emmène les enfants à l'école. »

Nils et Ève arrivèrent à leur tour pour m'embrasser, déposer un dessin – un personnage sur une page arrachée de son carnet pour Nils, disant que c'était celui de son film, une girafe pour Ève, spécifiant que c'était un ours – puis ils repartirent aussitôt. Redressé sur les coudes, j'aperçus mes pieds à l'extrémité du lit, dégagés de la couette, je le remplissais cette fois de tout mon corps taille normale. Soulagé. J'étais bien qui j'étais, un mètre quatre-vingt-huit. C'était un rêve, mais étrange car très réel. Je me levai avec l'impression de rejouer le début de ma journée, de suivre le même enchaînement : le mitigeur de la douche, le yaourt dans le frigo – du déjà-vu par rapport à d'autres journées qui commençaient de façon similaire, mais là en l'occurrence du déjà-vu par rapport à ma nuit. Plus serein là à effectuer les mouvements, je ressentais dans chaque geste le simple fait positif d'être grand, d'être moi, un bénéfice immédiat quand tout était accessible, à ma hauteur, celle de la foule dans la rue alors que je prenais le chemin de l'immeuble de mon bureau dont je franchis l'entrée.

Dans le hall du bâtiment, la standardiste me salua quand elle me vit, aucune porte ne nécessitait aucun badge pour s'ouvrir ; ce moment du rêve me revint quand j'appuyai sur le bouton du neuvième étage, simplement là aussi, sans saut ni contorsion. Derrière son bureau, dans la pièce centrale, Eleanor discutait avec un jeune homme de dos, debout face à elle, celui-ci se retourna. Sa tête me disait quelque chose, j'avais déjà dû le voir auparavant, ou il était dans le rêve lui aussi, mais non, cela devait être un coursier, qui me fit un salut de la main. Je le lui retournai, avant qu'Eleanor dise qu'elle devait faire un point.

« OK. »

Eleanor se leva, prit le courrier avec elle pour me suivre dans mon bureau où je m'assis sans me hisser, elle aussi, puis elle commença à dérouler son ordre du jour pendant que je regardais la photo d'Alice, Nils, Ève et moi sur la table – la même photo que dans le rêve mais où j'avais cette fois ma taille normale. Eleanor, après deux mois, n'intégrait toujours pas les codes, mettait en attente les appels téléphoniques de financiers importants, demandait d'épeler leur nom à des responsables d'organismes professionnels, mais c'était égal. Tout était mieux en comparaison de la nuit. Pas du tout une forte poitrine, je le remarquai comme Eleanor me tendait la liste des appels et la nouvelle version qu'on avait reçue du *Dossier Guatemala*, rien qui ne déborderait si elle devait mettre ses deux bras en avant pour me faire la courte échelle, ses cheveux attachés alors que dans le rêve ils étaient défaits, ce qui lui allait mieux que cette queue-de-cheval milieu de crâne qui hésitait entre jouer au polo et faire du roller en compétition artistique.

« Le scénariste du *Volcan* a appelé pour demander s'il pouvait venir aujourd'hui. Je lui fixe un rendez-vous dans l'après-midi ?

— Oui, s'il veut.

— OK. »

OK, pas de mention des services généraux ni d'escabeau.

Je la regardai finalement se lever, sortir et clore le rêve définitivement quand la porte fit un bruit léger en se fermant doucement – là où mon rêve s'était arrêté. Clic.

6

J'étais arrivé à la dernière page de la nouvelle version du *Dossier Guatemala*, le scénario était plus abouti, le rythme plus tendu, les enjeux plus clairs. Il était destiné à convaincre les deux derniers distributeurs possibles qui hésitaient encore à financer le film, attendaient de relire pour se décider, et j'attendais qu'ils se décident car j'avais besoin financièrement que ce film se fasse. Parfois cela ne tenait à rien : une relecture de leur part un jour de bonne humeur ou certains détails qui avaient échappé la première fois et modifiaient le regard qu'on portait sur l'ensemble ; je le dis au réalisateur au téléphone pour le rassurer. Même si la nouvelle version n'était pas pour autant un argument capable de faire changer d'avis ceux qui avaient déjà dit non jusqu'ici, comme lui le sous-entendait de façon explicite (ce qui était donc plus *surentendre*). Je tentai de le lui faire comprendre.

« Le sujet politique étranger, le contexte maccarthyste et les réunions stratégiques d'United Fruit avec le gouvernement américain rendent toujours le film assez abstrait. »

Mais le réalisateur tiqua, tendu.

« Tu dis que c'est mieux, mais tu ne dis que des points négatifs. Et ces éléments sont là depuis le départ, ce sont les faits réels.

— Je ne les remets pas en cause, je récapitule juste certaines données. C'est plus un film historique qu'un grand drame vécu au plus intense. Ce n'est pas un combat effréné où quelqu'un risque la mort.

— On n'a jamais présenté ça comme un grand drame humain.

— Non, mais c'est toujours plus facile de financer un film quand il prend aux tripes que quand il prend la tête. Donc le financement risque d'être plus serré. J'anticipe les réactions, c'est tout.

— Qui prend la tête ?

— Dans le sens qu'il s'adresse à la tête.

— Ah comme ça. Mais tu crois que ça ne se financera pas ?

— Je n'ai pas dit ça, mais juste que c'est plus compliqué. »

Le travail commun avec lui, comme avec tous les réalisateurs, faisait que j'étais habitué à être le réceptacle de ses états d'âme projetés hors de lui en direct, ses hauts et ses bas, ses exaltations et ses paranos. C'est à ça que sert le producteur : prendre sur lui les angoisses de l'avant-écriture, les tourments de l'écriture en cours et les doutes de l'après-écriture, absorber un flux anxiogène permanent alors que le producteur a aussi ses angoisses mais par décence ne les partage pas avec les réalisateurs ou les auteurs.

Je voulus écourter la conversation qui virait au débat qui ne m'intéressait pas du tout – les financiers n'étaient pas visionnaires, préféraient les films faciles aux œuvres exigeantes. De plus, le réalisateur croyait avoir toujours raison, même si c'était son premier long-métrage, autant le laisser à ses convictions. Je raccrochai.

J'appelai dans la foulée l'agent de B. Celle-ci ne se souvenait plus trop du projet, je lui rappelai les grandes lignes : premier film d'un jeune réalisateur prometteur, le rôle du nouveau président guatémaltèque élu ; et le réalisateur l'avait écrit en pensant à B. qui avait plutôt aimé le projet quand il en avait lu une version antérieure.

Mais B. était moins partant finalement, il faudrait qu'elle lui en reparle. Le rapport avec l'agent était beaucoup moins fluide que dans le rêve, j'y songeai quand elle raccrocha. Elle n'était pas du tout avenante alors qu'il s'agissait du rôle principal et qu'il était normal de répondre oui ou non – indépendamment du désir du réalisateur, il y avait derrière un film à monter et une boîte à faire vivre avec des salariés (et en période de crise, se serrer les coudes aurait pu être une option). D'un autre côté la réalité était conforme à ce qu'elle devait être.

Ressorti de mon bureau pour dire à Eleanor de faire passer la version aux deux distributeurs, je vis que le coursier était toujours là, assis maintenant à la table contiguë à celle de mon assistante, concentré sur la lecture du *Dossier Guatemala*. Je le regardai un instant, étonné qu'il s'y intéresse, ou qu'il tienne à s'informer de tout ce qu'il livrait au risque de diminuer son efficacité.

Eleanor me le désigna en précisant qu'il était le nouveau stagiaire.

« J'ai commencé hier mais je n'ai pas eu la possibilité de me présenter ».

Il se leva, s'excusa comme si c'était sa faute alors que c'était la mienne – j'aurais pu remarquer qu'il n'était pas habillé en tenue de cycliste ou de motard. En me serrant la main, il articula son prénom que dans la confusion, la sienne ou la mienne, je n'entendis pas. Juste la première syllabe, *Bé* ou *Bè*. Je ne voulus pas lui demander de répéter, j'étais censé savoir qui on avait engagé, et je ne voulais pas qu'il ait l'impression que j'avais eue moi du monde professionnel quand j'avais été à sa place : des gens à l'ouest, débordés, peu soucieux des autres, qui ne savaient même pas qu'un stagiaire devait arriver. Je le fis venir dans mon bureau.

« Vous vous êtes un peu familiarisé avec ce qu'on fait ?

— Oui. Je voulais vous dire que je suis très content de faire un stage dans votre société, j'adore les films que vous produisez. Vous avez une vraie politique éditoriale, exigeante. Et le biopic sur le dictateur nord-coréen était vraiment impressionnant, très radical. »

Pendant qu'il m'expliquait son parcours, je cherchais quel prénom il pouvait avoir. Bertrand. Bernard. Benito. Bernie. J'aboutis à Benjamin, il avait tout à fait une tête à s'appeler Benjamin ; je notai sur un post-it de demander son prénom à Eleanor plus tard.

Je lui décrivis les principaux projets sur lesquels on travaillait, et les scénarios en écriture. Les yeux de Benjamin s'ouvraient à mesure que je les pitchais, leur mouvement suivant son intérêt (cela m'aurait arrangé que les financiers aient la même réaction). Benjamin touchait à son rêve, enthousiaste, trouvant les idées géniales, le genre de projets qu'il aurait envie de produire un jour. Il trouvait tout génial, et le métier de producteur aussi, admiratif de la façon dont je le faisais ; je me demandais ce que valait l'admiration de quelqu'un qui n'y connaissait pas grand-chose, et si *génial* était vraiment le meilleur mot pour décrire l'ensemble. Ce n'était pas Disneyland avec un badge *all access*.

Le mot contrastait surtout avec la réalité quotidienne qui revenait à gérer principalement un lot d'emmerdes, de stress et d'ego compliqués pour fabriquer des films qui ne feraient au bout du compte pas des masses d'entrées. Avoir choisi ce métier n'y changeait rien : ce n'était pas parce qu'on avait voulu quelque chose que c'était idéal pour autant une fois qu'on l'avait obtenu. C'était même l'inverse, le contraste était renforcé par l'image optimale qu'on s'en était faite avant. J'avais plutôt l'envie de le décourager, lui dire de ne pas choisir cette profession, mais chacun devait expérimenter seul les choses.

« Vous avez quel âge ?

— Vingt-cinq ans. »

Le même âge que moi quand j'avais commencé ce métier, ce qui ne me semblait pas si lointain – quatorze ans. Un gap semblait pourtant s'être creusé entre Benjamin et moi, qui reléguait cette période plus loin ; car ce n'était pas la même chose d'avoir un stagiaire de l'âge auquel on avait commencé à travailler qu'avoir un nouvel enfant (celui-ci finalement de l'âge auquel on avait commencé dans la vie de façon générale). Un nouvel enfant tirait vers le haut : être un jeune père, même à trente-neuf ans, aller de l'avant, rajeunir. Un nouveau stagiaire tirait vers le bas : un ressenti négatif, vieillir, devenir un vieux con. Ou c'était voir Benjamin, toujours les yeux grands ouverts et un large sourire, qui contrastait avec moi qui n'avais plus la même excitation que lorsque j'avais sorti mon premier film (l'histoire d'un homme qui décide d'occuper un bureau dans une société qui ne l'a jamais engagé).

J'avais ressenti une vraie exaltation alors, et le film avait eu de plus un bon accueil. J'étais passé ensuite par des hauts et des bas, des films meilleurs que d'autres, les résultats en termes d'entrées n'étant pas corrélés avec leur qualité artistique (les deux existaient finalement de façon indépendante). Récemment, j'en étais arrivé à une impression de plus de bas que de hauts. Les contraintes du métier étaient peut-être devenues plus fortes que l'enthousiasme, ce qui était sans doute inévitable. Comme les enfants ne se déplacent au début qu'en courant, pour se mettre à un moment à marcher, puis rester de plus en plus assis l'âge avançant, devenus enfin pleinement adultes. À moins que je ne sois pas le plus en phase pour le moment (dans l'idée, non plus assis mais allongé).

Pour évaluer précisément ma situation, je devrais calculer le nombre d'années travaillées enthousiasmantes par rapport au nombre d'années totales travaillées (sachant que toutes les années ne pouvaient être exceptionnelles, comme pour le vin toutes n'étaient pas des grands crus). La sortie dans dix jours d'*Une héroïne* voué à l'échec et le financement compliqué du *Dossier Guatemala* n'étaient pas non plus *géniaux* en soi. En même temps, ceux-ci passés, les choses reviendraient à la normale. Et en regardant toujours les choses avec réalisme, on faisait ce qu'on faisait, ça ne servait à rien de tout remettre en cause.

Tandis que nous parlions, Benjamin et moi, de choses et d'autres, des films sortis récemment, je cherchais à me rappeler ce que j'avais pu vouloir exercer d'autre comme métiers, à différents âges. Anthropologue. Astronaute. Vétérinaire. Galeriste. Patron de presse. Explorateur. Humanitaire (mais jamais chef d'État). Sans que j'aie les éléments pour évaluer si ces autres chemins auraient été si différents.

Brièvement je regardai l'écran de mon ordinateur, laissé ouvert à la page d'accueil du site d'un quotidien qui montrait maintenant des images vidéo de l'ouragan qui s'était abattu quelques heures plus tôt sur les îles au large de la Floride. Des tourbillons de nuages gris défaisaient les toits des maisons en préfabriqué, éparpillaient les morceaux au milieu des rues qui étaient un amas de voitures, de branches, meubles, vélos, arbres entiers charriés par les masses d'eau tombées depuis des jours à cet endroit du globe, en proie à des inondations qui faisaient déborder les rivières, les égouts. Je suivais la situation en direct, sans savoir si c'était par empathie ou si les catastrophes avaient récemment sur moi un pouvoir d'appel, encourageant une addiction aux informations négatives. Les hommes et les femmes à l'écran s'étaient barricadés mais ça n'avait servi à rien, tout ce qu'ils possédaient avait été détruit, traversant pour certains les rues en barque pour rejoindre un autre point du quartier. L'ouragan, en route pour Cuba, portait mon nom, *Thomas*. C'était étrange ce lien avec cet ouragan, j'y songeais quand mon assistante me prévint que le scénariste du *Volcan* était arrivé.

OK. Je proposai à Benjamin de rester à la réunion s'il voulait. Benjamin prit un air très concerné pour dire qu'il aimerait beaucoup, son bonheur était palpable, comme si je lui faisais un beau cadeau en lui offrant une réunion, tandis qu'un autre Thomas allait ravager Santiago dans quelques heures et que j'œuvrais aussi au développement d'une nouvelle catastrophe quand il s'agissait dans l'immédiat de l'éruption d'un volcan.

7

Le Vésuve se réveille, le plan d'urgence est déclenché pour évacuer les sept cent mille habitants de la zone de Naples la plus exposée. Mais c'est la ville entière qui doit être évacuée quand l'éruption se révèle plus dramatique que toutes les hypothèses des vulcanologues et des pouvoirs publics. La hauteur du nuage de cendres et la vitesse du vent arrêtent le trafic aérien et routier tandis que des coulées boueuses envahissent les rues, recouvrent les immeubles.

À la lecture du synopsis, la première partie de la série était parfaite, mais le scénariste rectifia :

« C'est l'ouverture, pas la première partie, car ce sera ellipsé. Ce qui compte, c'est l'après. »

Quatre millions d'hommes et de femmes parviennent à fuir presque sans laisser de morts derrière eux, qu'il faut reloger dans des camps construits à travers l'Italie, les Napolitains devenus de nouveaux migrants dans leur propre pays pour une durée indéfinie. C'était ça qui l'intéressait : comment les camps se transformaient à force en villes nouvelles, la vie des individus derrière. Et il avait des questions, d'où cette réunion fixée rapidement.

Mais tout ça ne décollait pas, restait trop proche de la réalité même si c'était le but : faire une série d'anticipation réaliste, crédible, alors que le réalisateur abordait à présent différentes pistes d'écriture. En l'état, je n'aurais pas eu envie de voir sa série si elle existait, ni de la produire si ça ne tenait qu'à moi, même si ça ne tenait qu'à moi, peut-être que ma capacité d'empathie avait été entamée par les ravages de l'ouragan Thomas qui lui était réel. Je me rendais compte que j'avais peut-être mal entendu ; la première syllabe du prénom du stagiaire n'était pas *Bé* ou *Bè* mais *Lé* ou *Lè*. Léonard. Lenny. Lech. Léopold ?

Repensant aux autres métiers que j'avais pu vouloir exercer, je me rendis compte qu'il fallait dresser des critères d'évaluation plus précis afin de savoir à quoi auraient ressemblé ces voies, si elles auraient mené à une plus grande satisfaction, creuser si j'avais manqué quelque chose. Car les possibilités de vie étaient des chemins parallèles qui n'avaient pas eu lieu sauf dans la tête, mais ils pouvaient y avoir laissé des impacts. Des options officiellement abandonnées mais encore actives qui perturbaient en sous-terrain la voie choisie si elles n'étaient pas closes définitivement – ce qu'il fallait donc faire, ou en réactiver une si c'était ce qu'on voulait vraiment.

Je fis un tableau, avec comme lignes les possibilités dont je venais de me souvenir, et comme colonnes les critères : excitation intellectuelle au quotidien.

Réalisme. Taux de satisfaction court et long terme. Accès au monde. Notoriété. Mode de vie. Voyages. Intérêt sur la durée. Compte en banque. Combinable ou non avec ma vie de famille actuelle – avec des notes sur cinq aux intersections, ainsi qu'une colonne pour les remarques et les insatisfactions possibles à terme dans chacune des alternatives.

Le scénariste continuait de dérouler ses idées, profitant du silence qui était selon lui une qualité d'écoute pour penser à voix haute ; ou qu'importe mon degré d'attention, le fait que je sois physiquement là lui permettait de mieux réfléchir que seul, une présence structurante comme celle d'un psy ou d'un coach professionnel. J'essayais pour ma part de remplir le plus justement le tableau que j'avais dressé, répondre par une suite de chiffres et de mots afin de mesurer quelle option obtenait le meilleur score (pour l'instant il s'agissait d'anthropologue).

Je croisai le regard du scénariste qui, tout en continuant de parler, chercha à savoir ce que je prenais comme notes, quelle grille de lecture j'appliquais à son projet ; je changeai de position pour qu'il ne puisse pas voir le tableau. Je repensai au fait d'être chef d'État, la situation aurait été plus gênante si j'avais été en plein Conseil européen, Angela Merkel ou un ministre hongrois à la place du scénariste qui semblait avoir vu certains éléments de ce que je fabriquais. Dans son regard, il y eut comme une interrogation, il attendait que je lui livre mon analyse, quelque chose qui l'éclairerait sur les pistes à suivre dans l'écriture d'un synopsis convaincant – et de comprendre en quoi ces chiffres s'articulaient avec son projet ; mais je rangeai le papier. Le scénariste se tourna vers moi en silence pour traduire corporellement son interrogation, montrer qu'il avait terminé de parler de son projet et que c'était donc à moi d'en parler.

« Pourquoi la première saison ne serait pas plutôt uniquement la gestion de l'éruption, l'évacuation, le chaos ? Et le dernier épisode se terminerait sur l'installation dans les camps et la ville détruite. Une vraie série tendue sur la gestion d'un flot de quatre millions d'habitants dans l'urgence absolue. En temps réel. Une série catastrophe. »

Le scénariste faisait des mouvements de tête latéraux, attendant la fin de ma phrase pour verbaliser son désaccord.

« Non. Ce qui est intéressant c'est la reconstruction, la pulsion de vie, la réorganisation des camps en nouvelles villes, les habitants du Sud déplacés au Nord, la métaphore du contexte actuel. »

Je l'écoutais et je comprenais. C'était ça la solution : ne plus faire des petits drames mais des grands drames ; pas des films qui commençaient invariablement par une déprime dans une chambre de bonne sur fond de misère sociale, ni une métaphore, mais un drame gigantesque. Du Wagner, qui prenait aux tripes, du blockbuster – pas le moins de morts possible, mais l'inverse. Son projet manquait d'ambition et l'ambition, pour un drame, était de déployer un cataclysme, je le lui expliquai car il semblait perplexe, la tête immobile.

« Une salle de bains inondée, on s'en fiche, mais l'inondation d'une ville, ça donne davantage envie de regarder. C'est la même différence qu'entre partir en voyage une journée classée noire et partir en exil, les files de véhicules à l'arrêt ne sont alors plus perçues de la même façon : non plus un problème de trafic ou d'embouteillages mais des colonnes de gens fuyant des conditions de vie impossibles. Or, de l'extérieur, ce sont les mêmes files. Il faut quelque chose qui donne envie de regarder la série parmi l'ensemble des propositions existantes, de voir le prochain épisode, attendre la prochaine saison, pousser les curseurs, et là il y a tout ça, il faut juste le développer. »

Le scénariste n'était toujours pas d'accord, mais sa tête faisait des mouvements moins amples quand je continuai :

« L'explosion doit être traitée de front et pas ellipsée. Ce qui captive n'est pas une reconstruction sur des années, mais la survie dans l'immédiat. C'est plus proche de ce qu'on vit aujourd'hui, de là où en est le monde, des fléaux actuels. Et il faut rajouter le point de vue de celui qui doit gérer l'évacuation, l'urgence, la pression folle sur les épaules d'un seul homme. C'est quand même plus excitant, non ? »

Le scénariste ne réagit pas, incertain, à part un vague :

« Hum. »

J'avais presque l'envie d'écrire moi-même la série si lui ne le voulait pas. Un horizon soudain.

8

« Bof.

— Comment ça bof ? Bof dans quel sens ?

— Je trouve ça bien mais sans plus. »

Alice ne savait rien du *Volcan* auparavant et venait de lire la nouvelle version du synopsis que je lui avais passée. Benjamin avait retranscrit avec le scénariste la nouvelle direction pour tester dans la foulée de la réunion ce que donnait la version gestion-d'un-grand-cataclysme. Alice n'était vraisemblablement pas convaincue.

« À la fois j'aime un autre type de films.

— C'est une série.

— Tu vois ce que je veux dire, j'aime un autre genre d'histoires. Mais c'est pas grave, ne sois pas énervé pour ça. »

La version n'était pas aboutie, c'était un projet. Pourquoi le lui faire lire au fond, je me le demandais soudain. Était-ce important pour partager ce qu'on faisait, communiquer l'enthousiasme ? Pour avoir son point de vue ? En même temps elle ne me faisait pas lire ses plaidoiries et comptes rendus d'audience, même si les gens partageaient plus le récit d'un film que le déroulé d'un procès ou la liste des arguments à charge et décharge. Et ce n'était pas tant ce qu'elle pensait qui me contrariait que sa façon de ne pas mettre de formes.

« T'es trop négative, et ton retour n'est pas étayé.

— Je dis ce que je pense, c'est tout, comme tu me l'as demandé. Je ne vais pas te faire une fiche de lecture argumentée. Si tu y crois, c'est tout ce qui compte, c'est juste mon impression.

— T'es trop assertive, définitive dans ton avis, comme si tu savais tout. Réfléchir à une histoire, c'est pas comme ça.

— Ce n'est pas mon métier. Et dans le mien, c'est l'inverse, il faut être assertif.

— Non mais tu ne fais pas attention, t'es pas vigilante. On pourrait être d'accord, si ce n'est sur le fond du moins sur la forme, sinon on ne peut plus rien partager.

— J'ai le droit de ne pas aimer un de tes projets sans pour autant qu'il s'agisse de nous, qu'on ne partage plus rien ou que ça doive t'affecter. T'es susceptible ces temps-ci, tu réagis au quart de tour, limite infernal en fait. »

Ça ne tenait à rien de faire déraper la discussion, j'hésitais à aller plus loin, vers du grand drame aussi dans le couple, que quelque chose éclate, remettre en question les données de notre relation (une sorte d'audit approfondi de la PME). C'était peut-être une question de tempéraments différents : j'étais plus intéressé jusqu'ici par le fait de chercher, et elle par le fait de trouver. Mais à croire tout savoir, indépendamment des métiers respectifs, on passait à côté de l'essentiel. Alice haussa les épaules en signe de désaccord quand je le lui dis.

« À douter aussi. Et tu doutes de tout ces derniers temps. T'es en crise, c'est l'approche de la quarantaine, c'est classique. »

Alice vint vers moi en souriant.

« Et quand on est en crise, on est plus fragile, comme dans les périodes de mue, c'est normal. C'est la même chose pour les lézards, les crocodiles, les tortues, les homards. D'ailleurs on n'a encore rien organisé pour ton anniversaire, tu veux faire quoi ?

— Je ne sais pas, dîner juste nous quatre, rien de spécial. »

Sa question n'effaçait pas ce qu'elle avait dit avant, et je n'étais pas d'accord – ce n'était pas une crise de la quarantaine, mais seulement la concomitance d'un épisode de doute et de la quarantaine bientôt. Et la crise de la quarantaine n'existait pas, le concept avait été créé pour que certains puissent procéder à une reproblématisation générale, changer radicalement les choses en ayant une justification sociétale toute trouvée. Sa vision tronquait surtout le débat car l'idée de crise revenait à décrédibiliser d'emblée tout ce que je pouvais dire ou sentir, qu'importe le sujet. Et si j'estimais que mon couple était une partie du problème, que des choses devaient changer, cela rentrerait dans le même lot global. Alice me regarda interloquée.

« Quelles choses ne vont plus et doivent changer ?

— C'est un exemple. Je dis juste que ta façon de penser fausse tout. »

Je n'avais pas envie de rentrer dans un débat sur le couple là maintenant. Ou si, mais elle estimerait quand même que c'était moins une question de nous que de moi, comme elle continuait de le faire :

« Je croyais que c'était d'avoir arrêté de fumer qui te rendait comme ça, ou l'effet des confinements successifs, mais c'est plus sérieux, je te connais. »

On se connaissait depuis dix ans, la part de vie à deux augmentait donc proportionnellement au fil des années par rapport à l'ensemble de ma vie. Mais j'avais douté avant de la connaître, et ce n'était pas des crises pour autant. Le doute cyclique n'était pas qu'un élément négatif, un défaut de fabrication, mais quelque chose que j'avais l'impression d'avoir réussi à changer en qualité, une façon de challenger les possibilités de la vie, veiller à la justesse de mes choix. De même, tout le monde avait eu à vingt ans une crise nihiliste, une remise en question tétanisante, un doute absolu – et chez moi cela avait continué.

« Moi je n'ai jamais eu ça.

— Moi oui, chacun fonctionne différemment. »

Je ne lui dis pas qu'elle aurait pu douter davantage de nous deux, ne pas tout considérer comme acquis. Ni que les gens évoluaient, et que la connaissance de l'autre après tout ce temps pouvait être une force et l'inverse, quelque chose d'enfermant comme la connaissance qu'elle estimait avoir de moi. La discussion me donnait envie de faire un jogging.

Je pris la direction de la chambre pour enfiler un short et un tee-shirt tandis qu'elle me suivit, me regarda lacer mes baskets, trouvant cela hostile.

« Ou pas hostile, mais tu as un rapport bizarre au jogging.

— Le sport ne peut pas être un élément hostile, à l'inverse c'est plus quelque chose à encourager. C'est juste toi qui n'en fais pas, et je pourrais moi trouver cela hostile, ou qu'on ne le fasse pas à deux. Et je ne te le reproche pas. »

Elle m'embrassa furtivement.

« Je t'aime même si t'es infernal. Je ne t'en veux pas. Bon jogging. »

9

De nouveau, sur le bord du lit, au milieu du matelas, les orteils dépassent de la couette. Je les regarde, ce sont les miens a priori. Alice est encore endormie à côté de moi, allongée de tout son long, mes pieds à la hauteur de ses genoux quand le rêve recommence et que je saute vers le sol pour me diriger vers la salle de bains, tente de m'apercevoir dans le miroir au-dessus du lavabo. Un autre corps de nouveau mais le visage toujours similaire, en proportion, la même personne de petite taille qui est moi et pas moi. Je rejoins le lit pour essayer de me rendormir dans mon rêve, qui fera que je me réveillerai peut-être dans ma vraie vie mais Alice se retourne, me prend dans ses bras, yeux clos, et m'embrasse dans le cou. Sa langue longe mon épine dorsale, descend vers mon bassin, je lui dis qu'elle est en retard, et je ne suis pas d'humeur ou pas dans le bon corps pour faire l'amour, mais elle s'en fiche, seul compte le faire là tout de suite.

« Cinq minutes, on le fait vite. »

La fluidité dans les mouvements est totale. Pris dans l'étreinte, je cède à elle et non au sommeil, ressentant chaque parcelle de son corps et réciproquement. Ma gêne s'efface, nos rythmes en symbiose, cela devient plus sportif, changeant de positions tous deux synchronisés, les enchaînant. Je l'embrasse à mon tour pour parcourir à toute vitesse son corps immense, démultiplié, partout à la fois. Couvrir du terrain littéralement à mesure que le désir se renforce et que le rythme s'accélère. Les yeux mi-ouverts par le plaisir, Alice est étonnamment poilue sous les bras, je m'en rends compte quand elle les étire, s'abandonne, ce que je ne trouve normalement pas érotique mais là bizarrement oui. Une forêt vierge, un élément qui a toujours été là. Je passe la main sur sa pilosité comme une source d'excitation supplémentaire, un rituel entre nous qui est la raison pour laquelle elle a levé les bras en arrière, ce qui n'est pas le plus étrange si je m'abstrais de la situation, moins que la récurrence de ce rêve ou son réalisme – mais je ne m'abstrais pas, pleinement dans le positif de tout cela, en adhérence, sans rien pour me mettre à distance.

Quand nous nous levons en vitesse pour réveiller les enfants, je remarque dans mon agenda que j'ai tennis à neuf heures, sans me poser davantage de questions. Sur place pourtant, après m'être changé dans les vestiaires, je dépasse le filet de la tête seulement. Comment vais-je jouer ? Mon stress est inutile, évacué d'emblée dès que je me mets à servir.

Je joue hyper bien, cours partout, couvre le terrain là aussi pour battre mon adversaire. Revenu dans les vestiaires prendre ma douche, j'atteins le distributeur de savon accroché au carrelage avec une légère difficulté, mais la sensation de bien-être continue. Puis je parviens, imprégné des endorphines générées par les sports successifs, jusqu'au hall de l'immeuble de mon bureau.

Pas de badge de nouveau, je le cherche dans mes poches, mais la standardiste m'aperçoit par-dessus le comptoir, ouvre les portes. Je suis plus agile quand je presse le bouton de l'ascenseur cette fois, mais grimpe encore difficilement sur le siège dans mon bureau. Eleanor, les cheveux détachés, me reparle de l'escabeau, demande si je suis sûr que je ne veux pas appeler les services généraux alors qu'il y a toujours quelque chose d'un peu embarrassant pour moi, de privé même, quand je rate ma tentative. Elle s'approche.

« Ou alors vous me laissez vous faire la courte échelle. »

Eleanor se baisse à nouveau pour joindre ses mains vers moi et, par voie de conséquence mécanique bomber sa forte poitrine.

« Car c'est dommage de galérer autant quand il y a des solutions possibles. Des propositions de la vie qu'on ne doit peut-être pas refuser d'emblée. »

Elle a lâché la phrase avec un sourire désolé, accompagné d'un haussement d'épaules, me fixe dans les yeux sans sourciller. Je la regarde, sans savoir si elle est attirante et ne s'en rend pas compte, ou si elle ne l'est pas mais se donne l'air attirante, ce qui fait illusion. Quelle que soit l'option, sa sollicitude m'énerve, sa façon de tenir absolument à m'aider, un acharnement presque alors que j'ai l'impression de commencer à m'habituer à ce corps, à avoir ma technique quand je réussis à me hisser sur le fauteuil à la deuxième tentative, et que surtout ça ne demande pas qu'on en discute pendant des heures.

Eleanor découvrait peut-être une personne de petite taille, sa condition au quotidien, et elle voulait seulement me faciliter la vie. Mais ce n'était pas une jambe cassée, un état temporaire qui rendait tout compliqué pendant un moment limité et demandait ce genre d'attention. Son comportement, à l'inverse, renforçait la complication de la situation, de galérer devant quelqu'un tout en justifiant que tout allait bien, or c'était juste la galère normale. Car c'était un état de fait permanent, même s'il était récent pour moi – la seconde fois et de nuit seulement. Pour passer à autre chose, je lui demande l'ordre du jour.

« L'un des deux distributeurs a lu la nouvelle version du *Dossier Guatemala*, il aime beaucoup et veut le faire, ainsi que celui d'*Une héroïne* qui a appelé hier pour lire le scénario et vient de le finir. »

Je me surprends à négocier dur avec ce dernier, à peine Eleanor repartie du bureau, inversant le rapport de base entre nous quand je lui demande implicitement de me convaincre de lui céder les droits car il n'est pas le seul sur le coup. Le distributeur comprend très bien, accepte les conditions que je lui donne au téléphone avant de raccrocher et me mettre à lire les retours positifs des projections presse d'*Une héroïne.*

Une plongée contemporaine et fascinante dans une Grèce à hauteur d'adolescence. Exaltant, énergisant, vital. Le portrait d'un pays en déroute, saisissant et universel. Un film qui redonne espoir.

L'unanimité insoupçonnée dans les avis annonce une sortie plus positive que prévu, la perspective est agréable. Je veux mettre mes pieds sur le bureau, détendu, mais je n'y arrive pas, la table est trop loin ; d'où je suis, je ne peux pas déplacer le fauteuil à moins d'en descendre, le rapprocher et me hisser à nouveau, mais qu'importe. Une sensation forte de félicité m'emplit, de puissance, aux commandes de moi-même, habitant pleinement mon corps – pas une montée d'endorphine mais un état continu. Un enthousiasme dans le sens étymologique du mot : mettre le dieu en soi, une énergie brute.

Le matin, après avoir ouvert les yeux, j'en parlai à Alice.

« C'est la deuxième fois que je fais le même rêve bizarre, où tout ressemble à la réalité mais où je suis nain.

— Nain comment ?

— Cinquante, soixante centimètres en moins, mais les traits du visage proportionnés.

— Lilliputien quoi.

— Et tout le reste est normal. Toi, mon bureau, ce que je fais de la journée. »

Elle rit, puis passa à autre chose, déjà dans le jour qui commençait alors que je restais perturbé quand j'y repensai sous la douche quelques minutes plus tard. Les éléments du rêve étaient de nouveau très réels, plus positifs aussi, comme de plus forte magnitude (ma vie, moi), même si certains étaient singuliers. Je repensai à comment Alice était poilue sous les bras, me rappelai être tombé quelques jours plus tôt sur un article sur la pilosité féminine au fil des siècles et celui-ci s'était retrouvé intégré à mon rêve, déformé, appliqué à ma vie. Il s'agissait donc du fonctionnement classique d'un rêve plus que le surgissement de quelque chose d'enfoui chez moi. Mais le rêve global était singulier.

III

Mais pourquoi ?

10

La réalité semblait moins bien, y être confronté dès le réveil faisait l'effet d'un frottement, d'un manque de fluidité qui paraissait être une conséquence de la nuit. Le contraste entre le jour et la nuit était différent de la première fois, je le remarquais depuis que j'avais ouvert les yeux ; je ne ressentais cette fois aucun bénéfice à être grand mais une moindre sensation de bien-être que dans le rêve – plus lourd, moins bondissant, moins gai, moins énergique. À moins que cela ne soit en raison du mal de crâne qui m'avait pris pour avoir mal ajusté mon corps quand j'avais descendu l'escalier en travaux du métro et m'étais cogné au plafond à hauteur du front, comme si j'avais encore des dizaines de centimètres en moins ? Tout cela combiné au fait d'être à présent coincé dans la rame bondée où les gens, à leurs têtes, n'avaient pas non plus spécialement l'air bondissant.

En jouant des épaules, je réussis à dégager l'espace suffisant pour reprendre la lecture de mon livre sur l'histoire de l'Univers ; renouer, au milieu des odeurs d'après-rasage et des haleines caféinées, avec des logiques fondamentales, des connaissances de base dont le fait que, sur les milliards et les milliards d'espèces vivantes qui avaient existé depuis l'aube de la vie, quatre-vingt-dix-neuf pour cent avaient disparu. La vie sur Terre était brève à échelle des individus, mais surtout d'une précarité consternante au niveau des espèces. Il aurait suffi d'une infime déviation dans tous les changements évolutionnaires pour que nous n'en soyons pas là, mais à lécher les algues sur les parois d'une grotte ; se prélasser tels des phoques sur un rivage rocheux ou souffler de l'air par un trou situé au sommet de nos têtes avant de plonger vingt mètres sous l'eau. Comme la Terre aurait été totalement inhabitable si elle avait été à peine cinq pour cent plus près ou quinze pour cent plus loin du Soleil – nous ne serions donc pas dans ce métro, ni dans cette journée, ni n'existerions de façon générale.

Parmi les passagers autour de moi, personne ne semblait s'en rendre compte, ou ils auraient préféré que cette évolution n'ait pas lieu ou, à choisir, être plutôt des dauphins ou des arbres, pourquoi pas.

Dehors, sorti du métro, je passai devant l'Église de scientologie sur le chemin du bureau, regardant les panneaux sur la façade. Une série de questions étaient écrites en grand – *Votre passé affecte-t-il votre vie, vos capacités, vos relations ? De quoi dépend votre réussite ? Êtes-vous curieux à propos de vous-même ?* –

destinées à montrer que vous pouviez être une personne meilleure ou plus aboutie que celle que vous étiez. Ils partageaient ce mode d'accroche interrogatif avec les Témoins de Jéhovah dont les représentants semblaient plus nombreux à Paris ces temps-ci, par deux derrière leurs présentoirs mobiles qui posaient aussi des questions en grand – *Travailler dur est-il dépassé ? Si vous avez subi une catastrophe naturelle, vaut-il encore la peine de vivre ?* Dans les deux cas, une fois que vous adhériez à leur communauté, il s'agissait d'entrer dans un monde de certitudes (mais pouvait-on adhérer aux deux simultanément ?).

La jeune femme à l'accueil me regarda à travers la porte vitrée, j'avais pris par automatisme leur flyer sur lequel était écrit *Connais-toi toi-même et la vérité te rendra libre*, et me trouvai dans cet entre-deux à lire leur prose devant leur porte sans entrer, mais sans avoir non plus passé mon chemin. Elle ne chercha pas à être avenante pour que j'entre, elle s'en fichait, à moins que ça ne soit une technique qu'on lui avait apprise : le potentiel scientologue doit faire la démarche seul (en cela il diffère du potentiel Témoin de Jéhovah qui peut être démarché). Je me demandai s'il fallait être scientologue ou le prétendre pour être standardiste chez eux ou si cela n'influait pas sur l'obtention du poste. En la regardant, je me dis que les scientologues ou les Témoins de Jéhovah étaient moins de réels individus que des blocs de croyance, leur inamovibilité et leur absence de doute les rendaient moins humains. Mais peut-être n'étaient-ils pas si sereins, si sûrs, et vous persuader était une façon de renforcer leur propre persuasion (la loi du nombre) ? Vous pouviez alors rendre leur croyance moins fragile, croire par charité ou altruisme.

Je finis par lever ostensiblement les yeux au ciel pour signifier qu'ils ne m'auraient pas, le lui signifier à elle, et continuer mon chemin.

Eleanor me tendit les retours des projections presse d'*Une héroïne* quand je passai la porte du bureau et jetai le flyer de l'Église de scientologie à la poubelle.

« Ils ne sont pas bons. »

Eleanor me le dit sur un ton factuel. Elle avait posé sur ma table la liste des invités de l'avant-première du film ce soir, et m'annonça qu'on avait reçu une lettre d'un des deux distributeurs toujours dans la course pour *Le Dossier Guatemala*, c'était non. Cela me semblait mineur en comparaison de l'histoire de l'Univers que je venais de lire, le fait extraordinaire d'être sur Terre vu le peu de probabilités statistiques que l'espèce humaine puisse exister, et il restait toujours un distributeur possible. Ça ne changeait pas que c'était objectivement une journée plombée qui commençait, comme les dauphins devaient aussi avoir les leurs (une nageoire prise dans un déchet plastique, la reprise inopinée des activités de pêche dans la région ou des orques en migration arrivés dans leurs eaux, une nouvelle marée noire déclarée), et on ne pouvait pas en permanence tout relativiser à l'échelle de l'Univers.

Le frottement de la réalité me semblait d'autant plus présent que le mal de crâne avait disparu et que plus rien ne le justifiait, la gêne semblable à l'étiquette d'un pull qui ne cessait d'irriter le cou : comme si les choses devaient toujours être comme elles s'annonçaient, pas autrement, sans surprise, sans évidence non plus.

Le monde paraissait certains jours être un ensemble de choix sans alternative meilleure que l'autre ; comme préférer quoi entre faire des films que vous n'aimiez pas mais que les autres aimaient, ou des films que vous aimiez mais que les autres n'aimaient pas ? Avoir une crise d'angoisse moyenne tous les jours ou une forte attaque de panique un jour sur deux ? Stresser en ville ou s'ennuyer à la campagne ? Avoir un bon business dans le recyclage des ordures ou être un acteur culturel moyen ? Être très drogué à un moment de votre vie ou moyennement alcoolique tout le long ? Tout savoir à l'avance ou ne jamais rien comprendre après coup ? La réponse n'était aucune des deux options mais il fallait avancer quand même, c'était le propre de la vie. Et rallonger la liste ne ralentirait pas le cours des choses alors que j'aurais aimé mettre cette journée sur pause, faire autre chose.

Eleanor s'était remise à taper sur le clavier de son ordinateur ; je la regardai, son air concentré, pas très attirante avec ses cheveux attachés en deux couettes, ou elle s'arrangeait mal, il était difficile également de trancher la question dans la réalité lorsque sa sollicitude pendant le rêve me revint. Je voulus un instant le lui reprocher même si ce n'était pas elle mais une image créée par mon inconscient.

En vitesse, je lus les retours des critiques sur *Une héroïne* posés sur ma table : *Une chronique qui laisse à distance. Un film instructif mais pas habité. Les bons sentiments ne font pas les meilleurs films. Un portrait sympathique mais pas indispensable. Un sujet intéressant, un personnage qui l'est moins.* Entré dans mon bureau pour en ressortir aussitôt, je pris au passage le paquet de cigarettes que j'avais laissé au fond d'un tiroir au cas où je ferais face à une impossibilité à continuer d'arrêter de fumer – maintenant donc.

Vingt ans plus tôt, j'avais commencé à fumer pour une raison intestinale : l'impression que ça fluidifiait le fonctionnement des tripes, apaisait les douleurs de côlon qui me prenaient à l'époque. J'avais continué car l'addiction est un cadre, des balises dans une journée, des instants dédiés, un geste devenu constitutif. J'avais arrêté il y a quelques mois car je m'étais dit une phrase absurde mais inquiétante : *Rien ne m'amuse autant que fumer*, comprenant qu'il était temps de cesser court.

J'avais alors interdit de fumer dans les bureaux, arguant que c'était la loi, après tout. Il était donc normal de fumer dehors à présent, par cohérence personnelle ou cohésion d'entreprise, même si l'interdiction ne valait que pour moi – seul fumeur désormais. Devant l'immeuble, la main recourbée sur mon briquet, j'en allumai une, et tirai la première bouffée qui avait le goût infect et délicieux de la rupture de pacte, de la mauvaise habitude qui reprenait racine dans ma vie en même temps que le shoot de nicotine dans mes poumons, aussitôt dans mon sang jusqu'aux récepteurs neuronaux. J'en étais là quand il sortit de l'immeuble voisin pour fumer une cigarette lui aussi, faire le même geste à une minute d'intervalle – sa main recourbée sur son briquet pour tirer sa première bouffée en regardant les voitures passer sur l'avenue.

Je le regardais, un homme de petite taille que je n'avais jamais vu. Ou je n'avais pas fait attention à lui auparavant, mais quand même, je l'aurais remarqué. Nous étions tous deux seuls sur le trottoir. J'avais envie d'aller lui parler de mon rêve, de la coïncidence, mais je me retins. Si lui avait rêvé qu'il était de taille normale, aurait-il eu la même envie de me parler ? Ou si j'avais rêvé que j'étais chinois et que l'homme était chinois, aurais-je eu la même pulsion à aller le voir, dire ah justement j'ai rêvé cette nuit, deux fois en fait, que j'étais chinois ? Cela n'aurait pas eu de sens, ou pas autant dans ce cas parce qu'il y avait plus de Chinois sur Terre que de gens de petite taille : la coïncidence était plus rare d'en croiser un juste après en avoir rêvé (l'information restait à vérifier). Mais ma démarche aurait eu du sens pour comprendre quelque chose, lui demander entre autres s'il jouait au tennis.

Je continuai de le fixer avant de me rendre compte qu'il me regardait aussi, se demandait visiblement pourquoi je le dévisageais ainsi, si on se connaissait. Ou si je le fixais à cause de sa taille. Je fis un signe de la tête pour dire que je l'avais confondu avec quelqu'un d'autre – d'un autre côté confondre des personnes de petite taille entre elles pouvait être comme ceux qui confondaient les Japonais, pas spécialement mieux. Je lui fis un salut de la main pour être cordial, que l'homme me renvoya, avant de retourner chacun dans nos bâtiments respectifs.

11

Devant la salle de cinéma, le monde se pressait, les gens se saluaient les uns les autres, tous avaient une raison d'être présents à l'avant-première, écoutant d'une oreille, une fois assis, l'introduction très emphatique du réalisateur sur ce que représentait *Une héroïne* dans le contexte politique européen alors qu'il remerciait chacun de ceux qui avaient contribué à faire de ce film l'œuvre qu'il avait en tête depuis le départ, citant Truffaut et Hitchcock, ce qui devenait gênant quand on connaissait les retours presse. Puis le noir se fit, j'en profitai pour sortir de la salle. J'avais déjà vu le film vingt-deux fois, le réalisateur avait tenu à me solliciter à chaque étape, qu'importe si j'avais essayé d'esquiver une dizaine de fois car il ne comprenait pas que je n'en étais pas le coréalisateur. Comme il y avait une différence entre dire bonjour aux nourrissons des autres et devoir les changer soi-même, un degré distinct d'implication parce qu'on n'avait pas le même lien avec eux, même s'ils étaient objectivement très mignons.

Pendant la projection, je jetais de temps à autre un œil dans la salle pour observer les réactions. Les spectateurs ne seraient peut-être pas du même avis que les journalistes, mais c'était difficile de savoir si cela prenait ou non. Pour ce genre de films, on ne pouvait pas compter les pleurs pour mesurer la désolation ou l'intensité dramatique comme on comptait les rires pour une comédie. Et, si on pouvait les compter (en reniflements ou Kleenex utilisés par personne), ce n'était pas une vraie satisfaction d'arriver à un chiffre maximum.

La projection terminée, tout le monde se pressa autour des petits-fours pour dire à quel point le film était réussi. C'était le propre d'une avant-première : le seul moment où les retours étaient unanimement positifs, chacun se sentant obligé de dire un mot gentil. Les membres de l'équipe du film se prenaient dans les bras pour se congratuler, dans l'oubli des tensions sur le tournage, comme si tout avait été merveilleux, presque nostalgiques. Une grande famille dysfonctionnelle – réalisateurs, acteurs, scénaristes, techniciens, distributeurs, responsables de chaînes, autres financiers et agents – se retrouvant là (à la différence que certains sur les plateaux en province copulaient dans tous les coins). Et comme dans toute famille, chacun avait sa place.

Le producteur – moi – était une sorte de paterfamilias, et le réalisateur l'enfant privilégié à qui on laissait tout faire. Les financiers étaient comme une ex-femme avec qui l'entente était a priori cordiale, avec qui il fallait se mettre d'accord sur l'éducation des enfants, comment ils évoluaient. Les acteurs, comme la petite amie du réalisateur, amenée par lui, dans un jeu de séduction qui vous dépassait ; une petite amie incontrôlable à qui on n'osait rien dire, devant céder à ses caprices (plateaux-repas bio, marque de voiture spéciale, litres d'eau minérale suisse dans sa chambre). Les agents étaient comme une vieille tante qui avait son mot à dire sur tout, qu'on écoutait mais qu'à un moment on n'écoutait plus car ce n'était pas elle qui devait gérer la famille. Les techniciens, comme des neveux à qui on n'avait pas grand-chose à dire. Et les instituts d'État, les centres nationaux d'aide et les fonds régionaux, comme une grand-mère bienveillante qui donnait de l'argent de poche en plus au réalisateur, même si elle ne le voyait jamais et qu'il se rappelait à peine qui elle était.

Je les regardais en retrait, un monde déconnecté qui n'était pas la vraie vie. Dans aucune autre société on ne faisait un pot à la fin de chaque semaine de travail ; dans aucune PME il n'y avait une table régie en permanence garnie de nourriture à disposition pour que les employés puissent se servir entre deux tâches. Personne dans la vraie vie ne recevait la veille un planning de la journée du lendemain avec la météo ; personne ailleurs ne s'applaudissait après un travail accompli. Ils étaient tous là sans savoir qu'ils célébraient un échec, le dernier soir de liesse avant le naufrage – comme dîner sur le *Titanic* inconscients de l'iceberg qui se profilait à l'horizon.

Le Grand Lézard

Dehors le public partait, je fumais une cigarette, saluant des têtes que je n'avais pas vues auparavant dans la soirée. Les gens me disaient ce qu'ils avaient pensé du film, ou *merde* pour la sortie la semaine prochaine, croisant les doigts de façon un peu ostensible à cause du trop d'alcool ou l'air de dire qu'il valait mieux les croiser fort car ce n'était pas gagné que le film marche. Le dernier invité fit de même :

« Merde pour la semaine prochaine. »

Oui. En plein dedans.

12

Je remue la lèvre vers le haut et l'image devant moi fait de même. Puis je fais un clin d'œil et étire ma mâchoire, tout suit dans le miroir, je m'absente du champ du reflet pour y réapparaître soudain, mais pas de doute. Manifestement il s'agit de moi, la version plus petite, tandis que je cherche à piéger mon rêve dans les toilettes de l'hôpital avant qu'un homme entre et que je cesse pour me laver les mains. Comme si tout était normal, que j'étais bien par rapport à lui une personne de plus petite taille et qu'il l'avait remarqué dès son entrée dans la pièce.

Pour la quatrième fois, je suis dans cet état, ce n'est plus tant un rêve récurrent qu'un nouveau quotidien nocturne qui prend place. Une vie parallèle toujours avec des similarités entre le jour et la nuit : mon bureau, ma femme, mes enfants avec qui je joue à taille égale, certaines scènes vécues à l'avance ou a posteriori, mais différemment. Une logique de décalage était à l'œuvre comme dans la plupart des rêves, mais il commençait à y avoir une forme de systématisme, un fonctionnement propre à ce rêve alors que je me retrouvais à faire un examen de routine à l'hôpital et que j'avais fait réellement une prise de sang dans un laboratoire la veille au matin.

Ressorti du cabinet du médecin, j'ai du mal à me faire voir de la personne à l'accueil pour obtenir les papiers pour la mutuelle, j'avance sur le parking de l'hôpital vers ma voiture bien que je n'en aie pas mais je la reconnais d'emblée ; une Fiat verte dont je presse le bouton sur la clé pour l'ouvrir à distance. Oui c'est bien celle-là, dont j'ouvre la portière mais, avant que je puisse la refermer une fois entré, je me retrouve devant un homme agressif qui m'apostrophe, prétend que je lui ai rayé sa voiture. L'homme veut clairement en venir aux mains et étrangement, malgré ma petite taille, je sors du véhicule pour lui faire face avec une assurance maximale. Je le fixe dans les yeux en disant que je pratique les arts martiaux, commence quelques mouvements d'esquive tandis qu'il cherche à m'enfoncer son poing dans la figure, mais nouvelle esquive avant que je lui donne un coup de boule dans les testicules, et me réveille en sueur, au milieu de la nuit, perplexe.

Qu'est-ce que ça voulait dire, cette vie parallèle ? Que devais-je faire de ces informations quand les décalages concrets continuaient les nuits suivantes parce que le rêve lui-même continuait ?

Dans celui-ci, mon assistante, plus proche physiquement, me drague encore plus ouvertement, quelque chose d'assumé chez Eleanor la rend finalement attirante ou c'est moi qui suis à présent plus sensible à elle la nuit quand le jour elle reste ce même être inamovible et froid à qui je n'aurais pas pensé sinon. Dans une fluidité totale avec Alice la nuit, elle qui m'accueille avec chaleur quand je rentre à l'appartement comme si j'étais parti longtemps (mais c'est quoi longtemps pour elle dans le rêve : dix jours, un an, deux minutes ?), ne sachant pas non plus d'où je reviens (du bureau vraiment, de Finlande ?), mais qu'importe. Alice et moi sommes dirigés vers l'essentiel sans nous encombrer du reste, définitivement plus physiques quand, dans la réalité le jour, notre complicité est au point mort, chacun vaquant à ses affaires au sein de l'appartement. Des frôlements sans baisers furtifs mais sans hostilité affichée non plus envers l'autre, à part notre relation dans sa globalité.

La journée, dehors devant l'immeuble, je fumais plus de cigarettes pour y réfléchir. Ce n'était pas un rêve délirant comme si j'étais dans une embarcation peuplée de créatures mythologiques en route vers la gueule d'un monstre marin qui parlait yiddish, ou que je sauvais des milliers de gens d'un immeuble en feu avant de partir dans l'espace rejoindre une station internationale. Mais ce n'était pas la réalité non plus. Ni la nuit suivante quand je croise dans le rêve l'homme de petite taille devant l'immeuble voisin qui détourne le regard quand je lui fais un signe de tête, que je m'approche plutôt que rester chacun à huit mètres de distance, mais il me dit que ce n'est pas parce qu'on est tous les deux de petite taille qu'on va être les meilleurs amis du monde ou former un groupe de musique ensemble.

Le surlendemain, j'y pensai à nouveau seul devant l'immeuble, me demandant ce que je produisais comme films dans la version nocturne. Était-ce d'autres genres de films ou y avait-il des raisons pour lesquelles les rapports étaient plus complices, les interlocuteurs faciles à joindre, un engouement sur les projets, une spirale vertueuse ?

Tout était plus vertueux dans le rêve, je remarquais, sauf ce qui n'était pas adapté, pas seulement la maison mais le monde entier. Une inadéquation entre ma taille personnelle et la taille de l'environnement : table, chaise, porte, toilettes, canapé. L'ensemble du monde était conçu pour une majorité de personnes grandes, je tentais pourtant d'en faire un quotidien nocturne fluide alors que tout était trop haut, trop grand, pas démesurément mais suffisamment pour le rendre inaccessible, inadapté aux mouvements élémentaires ; m'obligeant à prendre un escabeau, me mettre sur la pointe des pieds, me hisser, étirer mon bras à la limite de l'élongation, sauter. Comme ces attractions où tout est expressément surdimensionné, ou l'inverse, mais pas à la taille juste, et qui donnent un effet de tournis. J'y ressentais d'autant plus un inconfort permanent que j'étais habitué à connaître ce monde adapté à ma personne, n'étant pas de petite taille depuis toujours.

Le jour, j'observais la hauteur des choses – des éléments de mobilier aux indications signalétiques –, plus réceptif aux handicaps que créaient les situations quotidiennes, et plus alerte dans le rêve, plus enjoué, qu'importent la contrainte d'être petit ou les contraintes extérieures dues à ma taille (je devenais politiquement correct sur le sujet, même seul). Et je me fondais totalement dans la tonalité positive du flux nocturne, boules Quiès dans les oreilles depuis quelques jours.

Alice avait vu la silicone orange au creux de mes tympans. Je lui dis que j'avais le sommeil léger ces temps-ci alors qu'il s'agissait de m'immerger, plonger plus avant dans le rêve où *Une héroïne* démarrait très bien, les chiffres de la séance de quatorze heures, qui donnaient une indication de l'avenir du film, laissaient envisager un vrai succès public.

Je me rappelai ce dernier épisode du rêve plus tard dans la journée, ce qui aurait pu renforcer le frottement de l'étiquette dans le cou parce que le film sortait aujourd'hui et je ne croyais pas à un tel engouement, mais quelque chose d'autre pourtant prenait le dessus. Comme si le rêve avait un sens, était le signe qu'il y avait autre chose à atteindre dans la vie, d'apaisé, de juste, entraînant ; autre chose qui n'était pas présent dans la mienne et qu'il fallait chercher.

Les décalages dessinaient un trajet possible, comme deux points indiqués sur une carte d'orientation : celui où j'étais et celui où je devais arriver, mais le reste de la carte laissé vide, sans indication du chemin menant de l'un à l'autre ni axes cardinaux ni échelle de distance. Le reste blanc comme une forêt vierge.

13

Un article sur les Pygmées, non. Figures du nain dans l'Antiquité, non plus, ni les images du dieu égyptien Ptah sur lesquelles je tombai ensuite sur le Net, le créateur de toutes choses sur Terre représenté à une époque sous forme d'un nain nu. Je regardai en vitesse la description du petit peuple sur Wikipédia : personnalisation des forces naturelles dans les mythologies nordiques, les nains sont venus après les géants avec qui ils forment les habitants primordiaux qui ont façonné la Terre, mais ils sont considérés comme des *brouillons* des êtres humains apparus ensuite. Je surfai ailleurs où, selon la collaboratrice de C. G. Jung, ils représentent dans les contes l'impulsion positive, la bonne idée qui pousse les personnes à trouver une solution créative à leurs problèmes.

Au passage, je vérifiai la taille d'Emmanuel Macron, si le rêve avait un lien avec lui, mais sa taille était proche de la mienne le jour. Je consultai des sites divers, celui d'une association pour personnes de petite taille, destinée à partager leurs difficultés au quotidien ; un autre sur la façon dont ils étaient perçus – plus agressifs ou méfiants pour les hommes. L'interview d'un membre des *Baixinhos*, une communauté au Brésil se sentant appartenir à une race privilégiée, toute personne de plus d'un mètre soixante-cinq étant selon eux atteinte d'une déficience physique. Un reportage sur le village chinois de Kunming où un magnat de l'immobilier avait créé un lieu à mi-chemin entre une communauté pour échapper aux discriminations et un parc à thème (deux spectacles étaient donnés par jour), le seul critère pour y séjourner étant de mesurer moins d'un mètre trente. Plus loin, j'arrivai sur un forum pour ceux qui avaient la phobie des personnes de petite taille, contents de pouvoir y partager des angoisses honteuses mais qu'ils ne choisissaient pas, pris de frayeur quand ils en apercevaient, surtout si elles étaient en mouvement, comme pour d'autres c'étaient les papillons (lépidophobie).

La recherche était large mais ce n'était pas ça que je cherchais. La signification ne devait pas se trouver du côté des nains mais du rêve d'être nain ou de plus petite taille, je me le dis tandis que j'attendais les chiffres de la séance de quatorze heures d'*Une héroïne* qui devaient bientôt arriver. Je faisais partie de ces producteurs, c'est-à-dire tous, qui le jour de la sortie de leur film étaient comme des lapins pris dans les phares d'une voiture : figés sur les entrées en salles, capables de rien d'autre qu'attendre que la journée avance et que les séances passent pour savoir en quelques heures si les nombreux mois de travail menaient quelque part. Je revins à mon article d'avant.

Les nains symbolisent les potentialités de la psyché, ils sont au service du rêveur pour lui venir en aide et résoudre les conflits qu'il traverse – c'était pourtant plus *le fait* d'être nain qui créait le conflit. Ils sont l'équivalent des oiseaux qui viennent du ciel, directement de l'inconscient, avec toute sa spontanéité. Ailleurs encore figurait : rêver d'être plus petit qu'en réalité signifie que vous ne vous préoccupez que de banalités et témoigne d'un manque de confiance. Mais je trouvais aussi que c'était le présage que vous ne tarderez pas à monter en grade dans votre vie professionnelle ou sociale, et un avertissement que vous avez tendance à envisager des travaux au-dessus de vos forces, ou que vos ambitions sont plus grandes que vos possibilités. Pourtant c'était l'inverse, j'étais plus fort dans le rêve, plus aux commandes des possibles. Les informations, pas utiles, voulaient tout dire et rien dire.

À la place, je regardai d'autres critiques d'*Une héroïne,* plongé dans un magma de sites, du blog amateur à un hebdo dont la page d'accueil montrait un bateau de migrants qui s'était échoué au large de Lampedusa et un bilan : cinq cents morts depuis le début de l'année. Un afflux massif de dix mille personnes provenant de Libye alors qu'un campement de fortune de deux mille arrivants venait d'être à nouveau évacué près de la porte de la Chapelle. Leur nombre ne faisait qu'augmenter. Je ne savais pas si c'était positif pour *Le Volcan* parce qu'en plein dans l'actualité, ou si le projet pouvait paraître du coup opportuniste. C'était surtout pathétique de penser comme ça devant un vrai drame ; et le pitch du *Volcan* était moins fort que la réalité parce que celle-ci dépassait toute fiction à présent.

Les chiffres de quatorze heures étaient très mauvais, je les reçus enfin. C'était un four. Le réalisateur laissa passer un silence quand je les lui donnai, puis lâcha :

« C'est pas un four, c'est une catastrophe.

— Ce sont des premiers chiffres, il ne faut pas tout conclure sur ça.

— Personne n'a envie d'aller voir le film.

— Pas des masses de gens, là tout de suite. Mais il faut attendre ce soir. Et ce week-end.

— C'est la merde totale. »

Le réalisateur dramatisait, il creusait un trou en direct pour s'y enterrer, sa voix comme déformée par la profondeur. Mais les chiffres de seize heures n'étaient pas meilleurs, et même pires, comme si les spectateurs de la séance de quatorze heures avaient attendu ceux de la séance de seize heures pour leur dire de ne pas aller voir le film. J'étais pourtant moins enclin à entendre de nouveau le réalisateur se plaindre quand je l'avais rappelé pour lui donner les nouveaux chiffres, un effet de lassitude après qu'il m'avait usé les nerfs avant le tournage avec la peur que le film ne se fasse pas. Le film s'était fait, mais il ne marchait pas, on ne pouvait pas tout avoir. Il noircissait les choses alors qu'il aurait pu les relativiser ; comme je pouvais me dire moi que c'était un signe de plus pour arrêter ce métier, faire autre chose de plus ancré dans la vraie vie, mais quoi ?

Sous une pile de papiers, je retrouvai mon tableau avec les métiers voulus plus jeune et les critères pour les évaluer. Pour être juste, il aurait fallu en faire un nouveau avec les possibilités ou les envies d'aujourd'hui, l'actualiser en fonction des dernières données. La vie était un ensemble de blocs – ce qu'on espérait, ce qu'on faisait, ce qu'on attendait comme résultat – dont l'ordre me semblait à modifier car la mienne ne fonctionnait pas en l'état, ou moins qu'auparavant. Un réagencement devenait nécessaire, comme celui qu'effectuerait un réalisateur en salle de montage, changeant l'ordre des séquences ou l'importance des éléments en fonction du rendu général (ou vous pouviez le faire après coup avec vos souvenirs : le frauduleux *film de votre vie* destiné à vous rassurer sur le fait que vous aviez bien vécu).

Le réalisateur devenait litanique au téléphone ; je mis le tableau à la poubelle. Peut-être dramatisait-il autant parce que c'était son premier film et qu'il manquait de recul ou d'expérience ? En même temps c'était un peu catastrophique : *Une héroïne* ferait au bout du compte, d'après les chiffres qu'on avait à ce stade, maximum vingt mille entrées. Pour un premier film, ce n'était pas génial, encore moins comme référent pour le réalisateur quand il s'agirait de monter son prochain long-métrage – le métier n'était régi que par un seul critère, pour les réalisateurs, les acteurs comme les producteurs : avoir la carte, un jour vous l'aviez, puis plus, jusqu'à la ravoir. Mais ce n'était pas une catastrophe à échelle de la planète comme son ton de voix semblait l'indiquer, morfondu, déjà à vingt mètres sous terre.

J'attendis pourtant sans rien dire qu'il se ressaisisse, qu'il le fasse par lui-même. Dramatisait-il parce qu'il était réalisateur de drames, et que travailler sur des drames transformait la vie en drame, affectait irrémédiablement votre vision des choses ? J'y pensai alors qu'il s'était tu, à force le drame contaminait le reste car la vie était à l'image des choix qu'on faisait : on était ce qu'on mangeait, ce qu'on pensait, c'était applicable à tout. Et là aussi : on était ce qu'on filmait ; c'était une hygiène de vie globale. Je lui demandai s'il était toujours là, pour signifier que j'avais dit ce que je pouvais pour le rassurer, et que la digestion de la situation, il pouvait peut-être la faire seul.

14

Je redescendis fumer une cigarette, les chiffres de la séance de dix-huit heures continuaient leur descente. La standardiste me jeta un œil, demanda si j'étais plus stressé en ce moment, car je descendais souvent.

« Non, j'ai juste besoin de plus de nicotine. »

Dehors, je regardai à gauche, à droite, à mesure que je tirais des bouffées successives, regardai encore mais rien, je fumai une nouvelle cigarette cinq minutes plus tard. Je m'apprêtais à allumer la troisième quand l'homme de petite taille sortit de l'immeuble d'à côté, je le saluai de la tête et allai lui demander du feu. Il aurait peut-être la réponse à mes questions. Le long des quelques mètres qui nous séparaient, je songeai qu'il pourrait me rembarrer, une appréhension soudaine, mais non, c'était un résidu du rêve. L'homme était avenant, le contact simple ; il sortit son briquet et nous nous présentâmes.

« Thomas.

— Paul. »

Nous fumions notre cigarette en discutant de tout, de rien ; je voulais lui demander mais je ne voyais pas comment, et demander quoi ? Pourquoi je faisais ce rêve, ce que cela voulait dire ?

Je n'aurais pas la réponse si lui rêvait de façon récurrente qu'il était de plus grande taille. L'interprétation aurait été plus facile cependant, il aurait rêvé de plus de normalité, d'un accès plus facile aux choses. Mais l'inverse ? Les chiffres de vingt heures entérinèrent définitivement les pronostics, *Une héroïne* serait plus près des dix mille entrées au final, c'est-à-dire zéro.

Descendu dans le métro, je ne pensais qu'à faire un jogging, me voyais déjà me changer, atteindre le parc, courir à en être essoufflé, repousser mes limites. À une dizaine de mètres sur le quai bondé, une jeune femme se faisait harceler ; un grand type l'insultait sans raison a priori alors que les personnes autour faisaient semblant de ne pas voir la scène. Je regardai la femme, je regardai son agresseur et la passivité autour, je devais lui venir en aide.

J'avançai vers eux, je n'étais plus qu'à deux mètres maintenant, quand la situation dans le rêve quelques nuits plus tôt me revint, sur le parking de l'hôpital. Je ne voyais pas pourquoi je n'aurais cette assurance que dans mon rêve. Il fallait franchir une ligne, que j'étais venu franchir de toute façon quand je fixai l'homme et lui dis de faire attention : on n'emmerdait pas impunément les gens comme ça, et je pratiquais les arts martiaux. L'homme se détourna de la femme pour me donner sans attendre un coup de genou entre les jambes, je me pliai en deux de douleur, allongé aussitôt sur le sol. Puis son pied vint atterrir droit sur mes côtes et sa main prendre mon portefeuille, les passagers du métro avaient regardé choqués mais toujours sans intervenir.

« Qu'est-ce qui t'a pris ? C'est pas ton genre de te battre. »

Dans le box des urgences d'où je l'avais appelée pour lui expliquer mon retard, Alice me posa la question. Il n'y avait pas de côte fêlée d'après la radio que montra le médecin, mais une contusion sur la peau qui prenait la forme d'une semelle jaune foncé aux contours noirâtres, couverte par le bandage posé sur mon flanc droit. Il préconisait des antidouleurs et si possible du repos pendant quelques jours.

« Je voulais aider quelqu'un qui se faisait agresser. »

Dans le hall de l'hôpital, en sortant, je passai devant le comptoir, il ressemblait exactement à celui du rêve, je me revoyais essayer de faire en sorte que la personne derrière l'accueil m'aperçoive – pas celle qui s'y tenait là maintenant, une jeune femme d'une trentaine d'années, mais la situation était la même. Je revins sur mes pas.

« Votre comptoir n'est pas adapté aux personnes de petite taille. »

La jeune femme hocha la tête, elle était d'accord.

« Mais ni vous ni moi ne sommes de petite taille.

— Si jamais j'avais été de petite taille, cela aurait quand même posé problème. »

Elle me regarda, fronça les sourcils, ne voyait pas où je voulais en venir, hésitant à mon sujet, étais-je un défenseur des personnes en situation de handicap ou un patient venu plus pour des raisons psychiatriques ? Dans les deux cas cela ne la concernait pas.

« Je ne comprends pas ce que vous me voulez. Si vous avez une réclamation, vous n'avez qu'à remplir un formulaire. »

Dehors, sur le chemin de l'appartement, la douleur sourde au flanc, analgésiée, continuait. L'idée que je m'étais battu pour défendre quelqu'un qui avait besoin d'aide n'atténuait pas la souffrance mais la justifiait en partie : suivre une pulsion, diminuer le décalage entre la réalité et le rêve – même si l'impact avait été dans mes côtes et non dans celles de mon adversaire.

« Tu m'aurais épousé si j'avais été de petite taille ? »

Alice ne comprit pas la question, pourquoi je la lui posais de retour à l'appartement.

« Toi aussi tu perçois les hommes plus petits comme plus agressifs ou méfiants ?

— Pas du tout. Et ça n'aurait pas tout changé entre nous. Sauf si t'étais aussi infernal que ces derniers temps, j'aurais mis des choses en hauteur pour t'énerver ou fait semblant de pas te voir en regardant au loin.

— Sérieusement.

— Ça sert à quoi d'en discuter ? Je pourrais aussi me demander si tu m'aurais aimée ou non si j'avais été géante ou très poilue. On ne peut pas avoir la réponse. De plus, on ne fait pas attention aux mêmes choses quand on rencontre quelqu'un, et ensuite c'est un tout.

— Ça revient au même.

— Tu as refait ton rêve bizarre ?

— Non, je demande ça comme ça. On réfléchit à un film là-dessus. Et j'ai croisé une personne de petite taille dans le bureau d'à côté. »

Ma réaction me surprit. Pourquoi le lui cacher ? Comme si c'était quelque chose d'embarrassant, ou personnel. Un territoire propre.

IV

Suivre les signes

15

Les invités du dîner étaient des collaborateurs du bureau d'Alice, sauf deux trois conjoints – pour ceux qui n'étaient donc pas en couple avec un autre collaborateur –, et ceux-ci du coup étaient invisibles. En pleine discussion, Alice semblait aussi avoir oublié que j'étais présent. Je les regardais, me demandant ce que je faisais là. Il aurait pu s'agir d'une amicale de joueurs de pelote basque ou un groupe de testeurs de limonades, cela n'aurait rien changé à la situation : ils avaient en commun quelque chose que je ne partageais pas avec eux, et étaient heureux de se retrouver autour de cet intérêt commun déguisé en dîner ouvert à tous. L'avantage était que personne ne remarquait si un des non-collaborateurs s'absentait pour regarder les livres qui composaient la bibliothèque ou se resservir de punch à la cuisine.

Nous nous croisions donc dans l'appartement, nous les pièces rapportées, revenant de temps à autre à table engloutir du guacamole ou des tapas qu'apportait l'hôte, celle-ci nous regardant brièvement, souriante, se demandant qui on était au fond – certainement quelqu'un qui devait former l'autre moitié du couple d'un des vrais invités, mais duquel ? À table, les anecdotes étaient celles de gens trop habitués à des dîners ennuyeux, qui les ressortaient de toute évidence pour la énième fois, puisant dans une playlist en changeant l'ordre d'un dîner à l'autre.

Les photos accrochées dans les cadres du couloir montraient des visages épanouis à différents endroits, je les observai pour passer le temps : une famille de cinq, dans une position quasi similaire sur chacune alors que les fonds changeaient (forêt, plage, montagne, falaise, une certaine ligne éditoriale s'en dégageant à la longue), quand un des conjoints passa près de moi, un psychanalyste à qui on m'avait présenté en arrivant. Je le rattrapai alors qu'il s'éloignait – ou c'était lui que je guettais inconsciemment dans ce couloir – pour lui parler en aparté car lui saurait peut-être.

« Quoi ?

— Un rêve que je fais toutes les nuits depuis quinze jours. »

Je lui racontai l'essentiel, pour finir par lui demander si ça avait un sens. Il parut perplexe après que j'eus fini d'expliquer.

« Ce rêve peut correspondre à une mauvaise image de vous.

— Mais pour moi ce n'est pas négatif. En quoi ce serait forcément associé à quelque chose de négatif ? C'est réducteur.

— Une tendance à vous déprécier pour le moment, vous rabaisser, une question de dimension. Je ne suis pas spécialiste en rêve de nains. »

J'étais d'autant moins d'accord que j'étais heureux dans ce rêve, à part le quotidien qui était moins pratique. Je le lui dis alors qu'il restait de trois quarts, le visage orienté vers moi mais le corps toujours tourné vers sa destination première, pour répondre :

« Ou c'est une forme de régression peut-être.

— C'est pas comme si je diminuais en taille pour devenir quelqu'un de petite taille. »

Le psy resta dubitatif.

« La petite taille dans votre rêve peut symboliser l'âge que vous aviez quand vous aviez réellement cette taille-là. Huit, dix ans. L'âge des possibles, quand on n'est pas encore totalement conditionné par la vie, par la société ou ses propres schémas mentaux qui se rigidifient au fil des ans pour finir par fonctionner en mode automatique. »

Je ne savais pas combien je mesurais exactement à l'époque ni dans mon rêve : si j'étais plus bas que le comptoir, cela devait correspondre à ça, dix ans. Je me demandais si ça n'avait pas plutôt un lien avec les crises d'angoisse des dernières semaines, devenues moins présentes depuis le rêve, comme si mon inconscient continuait de me parler, mais différemment. Car le rêve avait des similarités avec une crise d'angoisse, les deux étaient des propositions récurrentes du cerveau pour tenter de comprendre des choses (l'une diurne, l'autre nocturne), même si le rêve était, en termes de ressenti, l'inverse d'une crise d'angoisse, plus porteur.

Je le relançai car il ne réagissait pas.

« Comme un message à décoder, c'est possible ça ? »

Il fit une moue l'air de dire si vous voulez, fit durer le silence comme si c'était moi qui devais avoir la réponse. Je lui parlai des décalages, d'Alice qui dans mon rêve me roulait des pelles gigantesques, que j'étais bien meilleur au tennis, même au basket, alors que je mesurais un mètre trente ou quarante maximum.

Il y avait quelque chose de gênant, de cliché même pour certains éléments, mais je n'étais pas responsable, ce n'était pas moi qui les décidais, j'étais surpris aussi par certains choix de mon inconscient ; et il devait y avoir autre chose derrière tout ça. De toute façon je ne le reverrais pas, autant aller au bout de l'idée avec lui, je continuai donc de développer : comment tout semblait plus immédiat, accessible dans le rêve, mes idées, ma façon d'être, de travailler. Une sensation de force positive même si tout ressemblait pourtant à ce que je vivais le jour. Et comment la réalité pouvait sembler parfois plus contraignante en comparaison, car j'étais capable de tout dans mon rêve, même de racheter Google alors que tout aurait dû être plus compliqué a priori.

« Plus petit mais plus grand, vous voyez ? Comme si, dans le rêve, c'était une version de moi plus forte, plus libre, assertive, maximale. Mais à force d'être récurrent, ça devient moins un rêve qu'une autre réalité, la nuit, parallèle. »

J'attendais toujours qu'il dise quelque chose.

Il me regarda, pensif.

« En fait, je n'en ai pas la moindre idée. Et là j'aimerais aller aux toilettes. »

Reparti dans le couloir, il se retourna pour dire que certains rêves étaient comme le lapin blanc dans *Alice au pays des merveilles*, quelque chose à suivre. Et comme disait un proverbe juif : *Si vous voulez que vos rêves se réalisent, ne dormez pas*. Je lui dis que je l'avais fait, racontai le combat sur le parking de l'hôpital dans le rêve, et celui réel dans le métro dont la douleur me lançait encore après deux jours, que les deux n'avaient rien eu à voir, ni dans le déroulé ni dans le résultat. Il haussa les épaules, dit que peut-être ce n'était pas à suivre de façon si littérale, sortit sa carte de visite d'un geste fluide de la poche intérieure de sa veste et me la tendit.

« Si vous voulez, vous pouvez venir me voir. Pour comprendre pourquoi vous voulez être de petite taille. Pas vous directement mais une partie de vous, plus enfouie, enfin vous voyez. »

Le guacamole était parti, à la place il y avait une tomate-mozzarella, pour la manger il me semblait plus facile d'être assis. Alice était toujours en pleine discussion, faisait des mouvements de bras tandis que je cherchais à comprendre de quoi elle parlait, et pourquoi son voisin riait – ou les mouvements de bras étaient déconnectés du sujet et les rires aussi, chacun exerçant pour lui une activité parallèle à la discussion. Je réalisai finalement qu'elle parlait de mon rêve, celui que j'avais fait selon elle à deux reprises. Elle vit que j'avais regagné la table, demanda que je confirme, alors que son autre voisin passablement éméché riait aussi. Mais pas moi, je ne voyais pas ce qu'il y avait de drôle là-dedans.

« Ben si quand même. »

Le voisin éméché regarda l'autre voisin qui hocha la tête pour dire lui aussi que oui, il y avait quelque chose de comique là-dedans. Mais non, je le leur redis, plus ferme cette fois, leur expliquant à quel point la société n'était pas adaptée aux personnes de petite taille et comment tout le monde s'en fichait depuis la nuit des temps. Et quand on ne s'en fichait pas, comme à la Renaissance, c'était pire, on les prêtait ou on les offrait comme cadeaux diplomatiques : des nains de cour pour magnifier par effet de contraste la grandeur et la perfection du souverain. Catherine de Médicis avait même tenté des expériences de procréation entre ses nains mais sans succès. Sans même aborder le lancer de nains, la lutte au corps-à-corps avec un dindon imposée par la reine d'Angleterre Henriette Marie à son nain, Sir Jeffrey Hudson, ou Le Caire qui était la plaque tournante du marché des personnes de petite taille dans l'Ancien Monde. Je leur rappelai qu'il s'agissait d'une maladie osseuse ou hormonale, et s'ils voulaient comprendre de quoi ils parlaient, ils n'avaient qu'à se mettre à genoux, les coudes le long du corps et tenter d'attraper le sel sur la table sans décoller le haut des bras, ils verraient mieux (sans préciser que j'avais lu cette expérience sur un site de sensibilisation). Alice s'arrêta de rire.

« Mais ce n'est pas le sujet, le sujet c'est le rêve. Évidemment que la réalité des personnes de petite taille n'est pas comique en soi. »

Elle me trouvait énervé sans raison, presque agressif ; les deux voisins s'étaient tus, nous regardaient en alternance, ne comprenant pas le tour que prenait cette discussion, ou si ça les regardait vraiment alors qu'Alice me parlait par-dessus la table comme s'il n'y avait qu'elle et moi.

« C'est bizarre que tu prennes cette problématique si à cœur, que tu sois si impliqué, comme si ça te concernait directement.

— Ça me semble plus normal qu'en avoir rien à cirer. »

D'un autre côté, Alice ne pouvait pas savoir que ma réalité nocturne parallèle continuait. Son voisin dit que lui me comprenait, il avait eu un rêve récurrent aussi, mais dans lequel il était japonais. Puis après quelques jours il avait pris, dans le rêve toujours, un billet d'avion pour repartir du Japon et son rêve s'était arrêté. Il se tourna vers moi pour dire non, ce n'était pas vrai. Alice et son autre voisin s'esclaffèrent de nouveau, je ne l'avais plus vue rire autant ces derniers temps, depuis longtemps en fait. Une façon qu'elle avait là d'être enjouée, vive, une liberté séduisante – Alice séduisante tout court, plus rayonnante. Mes deux voisins étaient à présent à genoux, coudes contre le corps à tenter d'attraper la salière sur la table, je les regardais passablement saoulé, regrettant de leur avoir donné cet exemple.

Dans le taxi du retour, le froid silencieux entre Alice et moi était manifeste. Mon silence avait pour fonction d'éviter une discussion qui dégénérerait, quand le sien voulait montrer qu'elle m'en voulait, que j'étais vraiment infernal en ce moment. Surtout, elle ne riait plus, assombrie, calée dans la banquette arrière alors que la ville défilait, comme si elle gardait cela pour d'autres, pour tous sauf moi. La suite de son silence signifiait que je pouvais m'interroger sur les raisons de ce changement. La suite du mien lui répondait qu'elle pouvait aussi se remettre en cause, ou nous deux comme couple, même si dans cet échange mutique je ne savais pas quelle part des messages passait vraiment.

16

Seul grand parmi l'assemblée, ma taille créait un contraste évident avec les autres participants de la réunion de l'association de personnes de petite taille que j'avais trouvée sur le Net. Je passai d'autant moins inaperçu que j'étais arrivé en retard, après avoir prévenu Alice que j'avais un rendez-vous qui durerait, elle ne devait pas m'attendre ce soir. J'avais dû me faufiler jusqu'à un siège vide au milieu du demi-cercle alors que tous étaient déjà assis. La disposition des chaises était semblable à celle d'une réunion d'un groupe de parole anonyme, celle-ci destinée à informer, soutenir, échanger, agir contre la lourdeur des portes et la hauteur des marches dans les édifices publics, les transports en commun.

Tout en écoutant, je passais en revue les différents visages, l'air manifestement concentré pour qu'il n'y ait pas de question à se poser sur ma présence dans l'assemblée, même si moi je me la posais, incertain soudain de ce que je faisais là. Il s'agissait d'une impulsion, je voulais toujours comprendre le rêve (ce qui revenait à suivre mon inconscient et non un élément extérieur comme le serait une prophétie), tendre vers la destination sur la carte d'orientation, décoder un message de moi à moi-même – et lorsqu'on ne savait pas comment faire concrètement, il fallait suivre la première piste valable.

Chacun avait parlé à son tour, de ses difficultés, de son combat pour une place équivalente dans la société, de l'importance d'avoir des gens avec qui partager cela, de briser l'isolement, de redonner confiance devant ce qui restait une différence visible en permanence. On en était maintenant arrivé à moi.

Sur le chemin j'y avais réfléchi ; si jamais on me proposait de parler, j'étais libre de témoigner ou non, comme dans toute réunion anonyme (c'est l'image que je m'en faisais). Vu ma taille pourtant, cela me semblait une obligation d'intervenir, je ne pouvais pas faire un geste pour dire non merci – trop de timidité, d'émotion – alors que j'étais a priori en contradiction avec l'intitulé du groupe, de même que s'il s'était agi d'une réunion de femmes battues. Seules certaines réunions pouvaient accueillir tout le monde, sans laisser présager qui correspondait à la description du groupe cible : une réunion de kéraunothnétophobes (qui redoutent la chute d'un satellite) ou de géphyrophobes (qui redoutent eux les ponts, car tout existait, la liste des phobies possibles étant aussi composite et étrange que l'humanité elle-même). Mais je ne rêvais pas de ça. Et je ne voulais pas qu'il y ait de méfiance ou de suspicion de la part des participants.

« Thomas, je m'appelle Thomas. Mon fils de sept ans est nain, enfin plus petit en taille que la moyenne (je ne savais pas comment je devais dire), et je veux mieux connaître la réalité des personnes de petite taille. »

Leurs regards sur moi étaient concernés, attentifs.

« Voilà, ce n'est pas pour moi mais pour lui, ou pour moi aussi, pour savoir ce qu'il va traverser, être là pour lui. »

Les participants étaient rassurants, chaleureux, tout allait bien se passer pour mon fils, même si ce serait parfois difficile à accepter ; certains jours les préjugés ou le regard des autres feraient office de détecteur de marginalité, mais cela ne changeait rien au fait d'aimer, être heureux, construire, faire l'amour – la vie, quoi. Je m'en voulais d'avoir dû mentir mais ils n'auraient pas plus compris que les collaborateurs d'Alice si j'avais parlé de mon rêve. Pourtant je comprenais mieux le fait d'être là, je ressentis une justesse, un relâchement ; même si, à l'inverse d'eux, le seul inconvénient dans mon rêve était l'aspect pratique du monde, aucun regard de la société n'était à subir ni combat à mener mais un élan nouveau prévalait, une victoire permanente.

Une participante me fixait, je le remarquai, son regard accompagné d'un sourire doux. Elle était la seule à ne pas discuter de mon cas alors que chacun du demi-cercle interagissait avec moi, parlait de mon rôle de père d'un enfant de petite taille, disant que c'était le terme approprié (tandis que *nain* était péjoratif, plus que *chauve* ou *gros*). Je la regardai à nouveau, lui souris en retour ; elle était la seule à être lilliputienne, ses traits du visage proportionnés à sa taille, comme moi dans le rêve (ce qui s'appelait nain harmonieux ou hypophysaire, je m'étais renseigné avant la réunion). Elle non plus, comme les autres assis dans le cercle de chaises, ne touchait pas le sol de ses pieds, les balançant légèrement en l'air en écoutant les participants aborder à présent d'autres sujets.

La réunion terminée, un sentiment étrange me prit, un vertige quand tous nous nous levâmes, j'eus l'impression d'être géant. Je ressentais ce qu'eux pouvaient éprouver mais inversé : une différence manifeste par rapport à la majorité des personnes dans un lieu donné, et la majorité ici ne dépassait pas un mètre quarante. J'étais devenu l'homme montagne à Lilliput, l'image de Gulliver me sembla moins juste que celle de Michael Jordan qui me vint à la suite (pour les proportions, pas pour les capacités sportives). Un homme chauve de petite taille vint me saluer, il s'appelait Thibault et était le directeur de l'association. Il serra ma main en me disant que j'avais eu raison de venir, et fut rejoint par d'autres participants dont l'intérêt pour ma personne et la chaleur humaine ressemblaient, à choisir entre les deux comparaisons possibles, davantage à l'attitude de journalistes après un match.

Nous nous étions retrouvés dehors, la femme au sourire doux et moi, à fumer une cigarette en silence. Ses traits, éclairés par la lumière extérieure au-dessus de la porte, paraissaient d'autant plus fins qu'elle était petite, les yeux perdus dans le vide, aspirant une bouffée qu'elle souffla doucement devant elle, avant de se tourner vers moi.

« Vous verrez, c'est surtout une question de comment on se perçoit soi, cela n'altère en rien le lien qu'on a avec le monde. Si vous regardez l'horizon depuis le haut d'une falaise, vous ne vous dites pas que vous êtes quelqu'un de petite taille qui regarde l'horizon. Vous voyez juste l'horizon, les vagues, le ciel, et vous êtes là, c'est tout. »

Son regard était habité de la même gentillesse que quand je l'avais croisé une demi-heure plus tôt dans le demi-cercle, il valait toutes les paroles, était la rassurance même, une simplicité et une douceur quand elle me tendit la main.

« Tessa. »

L'entente physique avec elle est immédiate, une passion torride quand le rêve reprend après que je suis rentré chez moi, que la vie parallèle continue donc d'une nuit à l'autre – Alice était déjà endormie, je m'étais faufilé sans faire de bruit. Une exploration sexuelle insensée et une forme d'harmonie quand Tessa est dans le lit à la place d'Alice. Nos corps fonctionnent à plein régime, et leur pleine potentialité physique est en même temps l'expression de quelque chose de plus élevé, pas du jogging mais du triathlon alors que nous changeons de position, de rythme, les alternant sans rien dire, nous regardant dans les yeux quand on en a l'occasion, pour partager la symbiose avec ce sens-là en plus. Il s'agit d'un 400 mètres haies, de haute voltige, d'acrobates, de sportifs de haut niveau ; des êtres au-dessus du reste. La version de moi comme au sommet d'une montagne, au maximum de moi-même. Me revient un proverbe chinois : *Quand tu es arrivé au sommet de la montagne, continue de grimper.*

Je me retrouve soudain, dans la suite du rêve, sans transition, seul à sauver des centaines de migrants sur un bateau, tirant la barque bondée à la nage, la corde coincée entre les dents afin de relayer ces corps usés par la traversée, le voyage et le risque surtout qu'une tornade approche. Puis tous les participants autour de la table, que je vois pour la première fois, revenu par je ne sais quel moyen à une réunion chez un important studio de cinéma, parlent d'un projet de film pour lequel ils sont partants – celui que j'ai dû leur proposer mais je ne sais pas lequel. Je leur souris en disant tant mieux, fais semblant que je suis au courant puisque c'est le sujet de la réunion et mon projet. Les images nombreuses, démultipliées comme si des vannes avaient été ouvertes, s'arrêtèrent net quand j'ouvris les yeux, remplacées par la lumière que je vis filtrer à travers les rideaux.

Le jour s'était levé, je regardai le réveil, il était six heures et demie. Alice se retourna d'un bond pour se mettre dos à moi, tirant la tête.

« T'as bougé toute la nuit, et t'as grincé des dents.

— Désolé, je n'y peux rien. »

Je m'étirai de bonne humeur qu'importent une légère culpabilité et un mal de mâchoire dû vraisemblablement au fait d'avoir serré les dents, comme si j'avais réellement tiré une embarcation à la force des maxillaires. Je caressai le dos d'Alice, collé à elle après m'être rapproché, nous retrouvant à faire l'amour doucement ; un réveil graduel mené par la montée du plaisir, l'équivalent physique de ces horloges lumineuses qui vous éveillaient en intensifiant la lumière progressivement. L'un avec l'autre, nous étions là, sans nous regarder mais présents ; comme une réconciliation, un rituel de rapprochement destiné à briser le froid, la glace, évacuer les embrouilles, revenir à l'essentiel.

J'esquissai un mouvement pour essayer quelque chose, plus haut dans la montée de plaisir qui permettait davantage un exercice de voltige, tous deux suffisamment échauffés. Mais elle ne voulut pas, je sentis son corps éviter ma main. Cherchant d'autres lieux de celui-ci, je lui mordillais l'épaule, réessayai, voulant changer de position, tenter un enchaînement complexe, mais Alice fit non de la tête, interrompant tout pour me regarder après s'être levée. Ses lèvres bougeaient mais aucun son ne me parvenait distinctement, ou très lointain, avant que je me rende compte que j'avais toujours mes boules Quiès. Je les enlevai.

« Tu mets des boules Quiès aussi pour faire l'amour ?

— Non, j'ai oublié de les retirer.

— On est très en retard, il faut réveiller les enfants. »

Alice quitta la chambre en enfilant un tee-shirt, mais la journée me semblait un monde où le retard n'existait pas. Un monde où l'on m'attendrait, un tapis rouge déroulé pour moi, je me sentais habité par l'impression que je pourrais courir des kilomètres sans m'essouffler ni éprouver une quelconque limite physique, gagner le Marathon de New York.

17

Aucun tapis rouge n'était pourtant déroulé ou quelques mètres seulement, du pied du lit à la sortie de l'appartement, le temps que le rêve continue d'instiller dans mon cerveau, avant de s'évanouir à peine la porte de l'immeuble ouverte et que je sois projeté dans la réalité de nouveau. La réalité uniquement, rien d'autre dehors.

Tout y était moins brillant, moins parfait, définitivement plus contraignant que dans le rêve ; le frottement de l'étiquette dans le cou provoquait à force une plaie, un inconfort plus présent. Ou la réalité était une glaise qui entravait les mouvements quand vous étiez pris dedans, se rigidifiait progressivement et demandait davantage de force pour s'en dépêtrer. Je cherchais, en même temps qu'un taxi dans la rue, quelle image correspondait le mieux à ce que je ressentais depuis plusieurs jours quand le décalage entre le jour et la nuit se renforçait plus visible, palpable. Le manque de fluidité diurne s'appliquait à présent à tout, devenait un prisme à travers lequel regarder ma vie qui tendait vers une forme passive de drame – tout élément vu dorénavant en premier par son bout insatisfaisant, incomplet, inadéquat, négatif.

J'y pensais en entrant dans le taxi qui s'arrêta après deux kilomètres, en route vers un rendez-vous fixé à l'autre bout de la ville.

J'avais essayé d'en parler à d'autres, mais très vite j'avais compris l'inanité de ma démarche devant l'air concerné d'un ami qui m'avait écouté attentivement pour finir par dire qu'il n'avait aucune idée, mais il me souhaitait bonne chance, la main fermement appuyée sur mon épaule pour montrer concrètement la force de son encouragement. J'aurais pu raconter qu'on m'avait coupé les deux bras, viré de mon boulot ou que j'avais découvert que dans le fond j'étais une femme, le déroulé de la conversation, les réactions auraient été identiques. Chacun avait sa vie, ses questions, ses problèmes, qu'il soit dans le BTP ou médecin, et par décence ou réalisme il ne fallait pas tout déballer. Ou seulement le minimum pour rassurer l'autre que chacun avait bien son lot d'emmerdes à gérer mais qu'il le gérait, car ce lot faisait partie de la vie et nous étions deux adultes à cette table, et à ce titre nous pouvions déjà nous féliciter implicitement.

Il fallait ainsi déjà considérer comme une réussite le fait d'avoir un métier, une famille, en ayant évité les pièges (ne pas être devenu SDF, alcoolique, héroïnomane). Et continuer ainsi, sur le dos du taureau jusqu'à la mort. Pourtant, vouloir davantage pouvait être un moteur, la preuve de l'ambition plus élevée qu'on avait pour l'existence.

Ma mère m'appela dans le taxi pour savoir comment j'allais, je ne cherchai pas à lui en parler. Cela aurait été de toute façon impossible étant donné qu'elle posait une série de questions sans attendre les réponses, comme à chaque fois. Je devais seulement donner une indication générale (positive ou négative) dans le ton de mon amorce de réponse avant que ma mère ne m'interrompe pour enchaîner sur un autre sujet, et finisse par me donner son point de vue sur différents aspects de ma vie avant de raccrocher car elle n'avait pas le temps de discuter.

Le taxi n'avait pas bougé depuis dix minutes, ou pas suffisamment pour justifier le prix au compteur qui montait avec une régularité presque rassurante, montrant qu'il y avait un ordre des choses et que, lorsque tout semblait à l'arrêt, certaines choses avançaient quand même. Les embouteillages semblaient plus gigantesques encore dans la mesure où dans le rêve il n'y en avait jamais. Les conditions étaient idéales pour se faire écraser par la patte d'un monstre géant qui traverserait la ville, subir une tornade dévastatrice ou même que le monde finisse là. J'imaginai le générique de fin, les noms de tous les hommes ayant existé sur Terre défiler, de toutes les espèces depuis l'aube du monde, des milliards de noms alignés alors que s'achèverait l'Histoire.

Pour me changer les idées, je pris parmi les revues et journaux glissés dans le filet à l'arrière du siège un magazine d'architecture, le feuilletai, parcourant à la dernière page le questionnaire proposé à un architecte. Les questions étaient très concrètes : quel était son hôtel préféré à Tokyo, son restaurant favori à San Francisco, l'endroit où il aimait flâner à Berlin ? Pour ma part, je n'avais aucune réponse à donner, qu'importe si le questionnaire ne m'était pas adressé. Je n'étais jamais allé dans aucune de ces trois villes, donc j'y avais a fortiori encore moins d'hôtels, de restaurants ou de lieux de prédilection. Je descendis du taxi à mi-parcours, décidé à terminer le trajet à pied.

Une tension, une irritation à force, faisait que j'étais moins enclin à attendre la réponse du deuxième distributeur. Il aurait pu m'appeler, cela se faisait de répondre et on avait besoin de sa décision pour avancer. Je lui téléphonai, fâché contre lui (ce qui était une conséquence d'avoir des enfants, car on se fâchait dès lors plus qu'on ne s'énervait sur les gens) mais je me contins, à part le ton sec.

« Alors ?

— Alors quoi ?

— Vous vous êtes positionnés sur *Le Dossier Guatemala* ?

— Pas encore, il est toujours en lecture chez nous. Mais le sujet est intéressant.

— Votre processus de décision est très lent quand même. Il y a une équipe qui attend, les dates de tournage sont quasiment fixées, et le scénario est d'une qualité rare. D'autres distributeurs sont sur les rangs, je dois me positionner. »

Le distributeur fut visiblement surpris par mon ton, ou embêté.

« Je te tiens au courant.

— Donc tu prolonges l'attente ?

— Oui, pas volontairement, mais on te répond vite. »

De retour au bureau, le premier traitement du *Volcan* était lui aussi un embouteillage gigantesque, le récit au point mort. Le scénariste était revenu à sa première idée : ne pas traiter l'éruption catastrophe, mais les camps de réfugiés sur la durée, le réalisme poussé au maximum. Son projet me tomba des mains, je sortis de mon bureau pour demander à Eleanor qu'elle reporte le rendez-vous avec le scénariste, le projet n'allait nulle part, ce n'était pas une priorité.

« Mais c'est dans dix minutes, il est déjà en chemin.

— Dites-lui que j'ai une urgence.

— Et je le reporte à quand ?

— Plus tard. »

Eleanor me regarda incertaine, l'air de dire OK, même si *plus tard* restait vague. Dans le couloir, Benjamin tenait en main le nouveau traitement du *Volcan* que le scénariste lui avait envoyé également, il aimait bien. Il demanda où on en était du financement du *Dossier Guatemala,* et des chiffres finaux d'*Une héroïne*. Plus affirmé, face à moi, il attendait la réponse. Son implication virait à une forme d'intrusion, comme si je devais lui rendre des comptes, que c'était lui le producteur et moi le stagiaire en fait.

« Les entrées du week-end sont pires encore que celles des jours précédents. D'autres questions ? »

Benjamin semblait moins enthousiaste, plus crispé ces derniers jours, il découvrait peut-être que le monde du travail n'était pas Disneyland ou des hommes en sueur engoncés dans des costumes de Mickey payés au smic. Ses questions servaient peut-être à montrer maladroitement sa motivation, mais c'était déjà compliqué de mener sa journée, ça l'était encore plus s'il fallait en plus résumer à quelqu'un la teneur de chaque rendez-vous et chaque coup de téléphone. Comme s'il s'agissait de regarder un film à l'intrigue complexe qu'on expliquerait au fur et à mesure à une personne absente les trois quarts du temps.

Je refermai la porte de mon bureau pour faire un point, lister les projets en cours d'écriture, leur stade de développement (et la probabilité qu'ils se montent financièrement). Mais c'était moins leur état d'avancement qui m'importait en les alignant que le tableau d'ensemble qu'ils composaient. J'accrochai la feuille au mur, la regardai à distance. Les projets étaient tous très sombres, très réels – tout était trop réel, poisseux. Une question m'apparut : pourquoi je développais ces projets-là ?

Dans la salle du Forum des images en début d'après-midi, j'y pensais encore pendant la rétrospective *Écrans et dictatures* dont mon film sur Kim Jong-il faisait partie, devant les images de Jorge Rafael

Videla en plein discours après son coup d'État. Un ennui en CinémaScope me prit dès les premières images du film d'ouverture tandis que le programmateur, assis à côté de moi, regardait très concentré les premières minutes de pellicule.

Comment m'étais-je mis dans ce pétrin, comment en étais-je là ? Le pétrin étant la vie elle-même et *là* ce point exact où je me sentais soudain producteur de films ouzbeks confidentiels. L'étiquette du pull était maintenant profondément enfoncée dans la chair de mon cou, ou la glaise devenue totalement sèche.

À l'écran, des colonnes d'Argentins remplissaient à présent un stade transformé en prison, la répression de Videla avait réellement commencé, plus ample comme la question qui m'occupait l'esprit. Pourquoi je produisais des drames au fond ? Et si des drames arrivaient vraiment dans sa vie, avait-on envie d'en faire à l'écran ?

Produire des drames, en écrire, n'était-ce pas une idée de gens qui n'avaient pas connu de drames – pas assez, vraisemblablement ? À moins que ça ne soit juste une propension personnelle à être attiré par cela (ce qui expliquait mon addiction récente aux infos et aux catastrophes) ? Ou c'était le sens que j'avais donné à ce que devait être le cinéma : un art sérieux, uniquement cela ?

Les drames semblaient comme dotés d'une valeur intrinsèque supérieure, choisis dans l'ensemble des films à produire pour montrer qu'on avait opté pour une voie intelligente – qui paraissait soudain rébarbative et absurde. Une cinématographie demandant au public une grande capacité d'écoute, une exigence comme un critère de sélection des spectateurs, quitte à ce qu'ils ne soient que vingt dans Paris. Je regardais leurs visages concrets parsemant les rangs de sièges alentour : des hommes, des femmes, des vieux, des jeunes, vingt personnes hyperpuissantes sans le savoir, sur lesquelles se concentraient une centaine de films produits dans l'année. Et si une bombe tombait ici ou sur le Cinéma des cinéastes – où ils se retrouvaient en dehors du Forum des images –, un pan entier de la production cinématographique serait au chômage technique.

Mais la question était plus générale, plus fondamentale en fait.

Quand on produit un film, les possibilités sont infinies : film d'aventures, science-fiction, comédie politique, romance, thriller, road movie, western, burlesque, fantastique, film catastrophe. Et dans chacun de ceux-ci, on peut imaginer ce qu'on veut, aucune limite à ce qui est possible. C'est donc étonnant de choisir de produire des drames sociaux réalistes, des histoires ancrées dans le terreau humide que la vie peut être aussi, avec ce que cela avait de plombant.

Pour la vie, les possibilités aussi sont infinies, même si la vie est plus contraignante que le cinéma. Là aussi il faut s'arrêter un moment pour interroger ce qu'on fait, se demander si autre chose n'est pas envisageable, de plus ample, plus large, plus excitant, plus à l'image de ce que la vie peut être d'autre. Car on est responsable de ses choix, comment on décide de mener son existence, l'amplitude qu'on veut lui donner, la force qu'elle peut avoir, le bonheur qu'elle peut procurer, indépendamment des contraintes de départ.

La donnée ne s'applique pas qu'aux réalisateurs de drames, mais aux producteurs qui se battent pour que ces drames voient le jour, à tout le monde en fait : on devient à un moment ce qu'on fait, pas symboliquement mais réellement. J'étais miné par mes propres films, mes propres choix ; ma vie devenue un drame à force d'en produire, mon prisme sur le monde altéré. C'était ça qui faisait que j'en étais là, que quelque chose coinçait récemment : pas la réalité en général, mais la mienne, oppressante – avec l'envie d'autre chose, de légèreté, de liberté.

D'horizon, de mangues, d'échappées, de force vive, de retour de sève, d'embruns qui se collent à la figure dans la vitesse des vents marins, qui vous font sentir que vous êtes là. Pleinement au milieu du monde, de la vie. Dedans.

Je regardai mon téléphone pour faire semblant qu'un SMS venait d'arriver, dire au programmateur qu'une urgence venait de tomber – désolé, je devais y aller. Je me levai pour sortir de la salle, me frayai un passage parmi les spectateurs ; certains haussèrent les sourcils pour exprimer que j'étais un mauvais élément qui ne comprenait rien à ce genre de films, eux à l'inverse très concernés.

Le Grand Lézard

Parvenu au bout de la salle, du couloir, je retrouvai l'air du dehors, la Canopée des Halles, face à une évidence : être là où on en était et être là pleinement étaient deux choses différentes (et c'était ça que pointait le rêve, les croix sur la carte). Et pour passer de l'un à l'autre, il y avait des choses à changer, des couches inutiles de peau à enlever.

V

Détermination et moyens

18

Mon adversaire faisait des mouvements de jambe assez dangereux, son pied traversait l'air à quelques centimètres de ma tête. J'avais hésité avec la boxe anglaise mais j'avais opté pour le karaté car, contrairement à la boxe anglaise, on y apprenait les points qui pouvaient tuer un homme, on était détenteur d'un savoir ancestral que les autres n'avaient pas. Ils ne se rendaient ainsi pas compte, dans la vie de tous les jours, que si vous ne réagissiez pas à leur agressivité ou à leur volonté d'en venir aux mains, ce n'était pas dû au fait qu'ils vous faisaient peur mais bien à votre magnanimité, à la décision de ne pas utiliser votre capacité à les rendre inanimés d'une simple prise de doigts.

Il y avait pourtant une différence entre l'accès au savoir et l'odeur du savoir, âcre, pas du tout agréable, perceptible dès les vestiaires. Salicylés, balsamiques, butyriques, tabacés, des effluves en nombre se mêlaient à ceux phénoliques et ammoniaqués des produits d'entretien, une vague marine aldéhydée expansive masquant un instant les relents amers et invasifs du dojo rempli d'afficionados. Ceux-ci visiblement se connaissaient, devaient passer leurs vacances à suivre des formations dans des centres d'une région reculée de Chine ou du Japon. Leurs odeurs respectives ne semblaient pas les déranger alors que je les avais regardés enfiler ou enlever leurs karategis ; sans doute étaient-ils habitués, ou elles étaient un signe de reconnaissance, un élément qui provoquait juste la réflexion *ah untel est là*.

Pour mon initiation, le maître m'avait attribué comme adversaire l'un des plus expérimentés, même si relativement jeune, en position de musubu dachi (talons joints pointes des pieds ouvertes) de l'autre côté du tatami pour effectuer le salut. Le meilleur moyen de s'initier, selon le maître resté sur le côté, était de plonger directement au cœur de la pratique après un enseignement d'une demi-heure des principaux appuis, postures et enchaînements, et des rudiments du Dojo kun – le code d'honneur et d'éthique de la discipline – dont le premier précepte était : *Travaille pour perfectionner ton caractère*. Car le karaté n'était pas un but mais un moyen, et l'adversaire pas tant un adversaire qu'un partenaire, ce qui restait très relatif quand le mien commença à se mouvoir rapidement autour de moi.

Son regard était volontaire et son odeur forte à chaque déplacement, ou le relent de sueur faisait déjà partie du combat, une phase préliminaire pour montrer sa détermination. Un attribut animal qu'on sous-estimait car, dans les films de kung-fu, on n'avait pas les odeurs ; tous étaient peut-être pestilentiels à force de courir partout, sauter en l'air à répétition et, quand ils faisaient la prise de l'étau, peut-être que l'adversaire ne souffrait pas de la strangulation mais des effluves. C'était égal, il fallait passer au-dessus, j'essayais de débrancher l'information qui allait de mes narines à mon cerveau et me faisait reculer, et tentais à l'inverse de résister à sa démonstration de puissance et de pratique, bloquer ses coups, du moins les esquiver.

En même temps que je découvrais de nouveaux mouvements et des règles élémentaires que le maître continuait de m'enseigner, répétant qu'il fallait un esprit de glace dans un corps de feu, je découvrais plus essentiel : ma propre survie, me protégeant avec mes avant-bras des attaques répétées de mon adversaire. Mon instinct primordial resurgissait surtout dans la volonté de traverser les minutes à venir sans qu'elles me maculent d'hématomes ; j'étais hyper concentré, fonctionnais par mimétisme pour reproduire les gestes de mon adversaire nonchalant, qui semblait impliqué lui comme s'il faisait ses courses au supermarché. Les mots du maître se perdaient dans l'action alors qu'il était moins question de m'initier que de revenir au fondamental, reprendre ancrage dans ma vie, retrouver le sens du combat, une force intérieure. Il s'agissait de reconquérir une énergie séculaire partagée par les samouraïs, les premiers chasseurs-cueilleurs dont la survie demandait des facultés mentales exceptionnelles ainsi qu'une maîtrise corporelle hors norme – plus importantes que celles de n'importe quel marathonien ou karatéka actuel.

Je n'avais clairement pas la souplesse de mon adversaire qui effectuait à présent des petits sauts en tendant la jambe, plusieurs kokutsu dachi d'affilée, tout en discutant avec le maître d'un documentaire qu'il avait vu la veille. J'essayai de faire de même, mais au mieux mon pied arrivait à sa taille sans le toucher, c'est-à-dire nulle part en termes de points vitaux, balayant l'air pour revenir au point initial alors qu'entre-temps son autre pied parvint sur mon mollet droit et me fit chanceler, mais pas tomber, avant qu'un autre pied atteigne l'épaule gauche pour me faire vaciller dans l'autre sens. Comme s'il avait plusieurs jambes, plusieurs bras qui se rapprochaient maintenant, ses mains tendues comme des lames de ciseaux, s'ouvrant et se fermant pour chercher à trancher en fines bandes la feuille de papier que j'étais devenu pour lui. Son regard était plus sombre, moins nonchalant.

À défaut de l'attaque, je maîtrisais pour ma part une forme de défense, mon sens de la survie en action réduit désormais à reculer jusqu'à sortir du tatami et marquer la fin de l'exercice. En sueur mais la fatigue saine, je sentis l'eau ruisseler sur mon corps. Mon adversaire arriva dans la douche commune au moment où j'en ressortais, tous deux nus mais il ne s'en formalisa pas, me serra la main pour dire que c'était pas mal pour un premier cours, et pour quelqu'un de mon âge.

Dans les rames métalliques sur la ligne 10, les passagers yeux mi-clos montraient sur leurs visages la semaine laborieuse qu'ils avaient dans les pattes. Les corps accrochés aux barres s'inclinaient pour suivre les virages du métro qui se faufilait sous la ville, le mien délié par le sport, par le fait d'avoir posé le pied sur un chemin positif dont le rêve était le signe ou non, qu'importe. Je me reliais à une volonté, à une force du monde alors que les individus autour de moi semblaient ne pas y avoir accès, ou ne s'y donnaient pas accès.

Je rouvris le livre sur l'histoire de l'Univers, un passage m'intrigua : un pour cent de la neige sur les anciens téléviseurs était une perturbation due à la radiation cosmique fossile, un reliquat du Big Bang. Il s'agissait en fait de regarder la naissance de l'Univers, une expérience vertigineuse comme regarder une étoile : des particules de lumière qui avaient mis deux mille ans pour nous parvenir, des millions d'années dans le cas des supernovas. On faisait partie d'un ensemble de champs magnétiques, nous attirions tout ce qui se trouvait autour de nous – murs, plafond, lampe, chat – du fait de notre minuscule force de gravitation ; et toutes ces choses nous attiraient également, tous les éléments du monde étaient reliés les uns aux autres. Une loi fondamentale s'appliquait mais personne dans la rame ne semblait s'en rendre compte tandis que le métro ralentissait, ni réaliser que le cerveau de l'homme avait diminué en taille depuis des dizaines de milliers d'années. Alice non plus ne s'en doutait pas, me demanda où j'étais quand je rentrai à l'appartement, intriguée de me voir avec un sac de sport.

« À mon cours de karaté.

— Sérieusement ?

— Sérieusement. »

Alice était en réalité moins intriguée par le sac de sport que par moi comme individu, devenu plus étranger à elle qu'elle ne le pensait, par le tournant qu'elle avait manqué dans ma personne et auquel il fallait être vigilante. Sa moue perplexe pouvait signifier que, d'un point de vue extérieur, cela ressemblait quand même à un symptôme supplémentaire de la crise de la quarantaine. Mais pas d'un point de vue intérieur.

« Oui, je me suis inscrit, tous les vendredis.

— C'est pourtant pas ton truc.

— Pourquoi ?

— Je sais pas, autant le jogging je comprends, autant là, non. Je te connais, aller dans un dojo avec un sac de sport, c'est pas toi. »

Mais connaître l'autre ne donnait pas accès à tout, n'était pas une compréhension totale – comme parallèlement je la connaissais mais sans la réduire à cette connaissance. Sa croyance était d'autant moins appropriée à un moment où j'avais envie d'expérimenter autre chose. Si, quand on traversait une période de doute, cela pouvait être utile qu'on vous rappelle certaines bases de qui vous étiez, c'était l'inverse dans le cas d'une évolution vers cette autre chose, cela réduisait le champ de liberté, d'investigation.

« On ne connaît jamais tout de l'autre.

— Tu veux dire quoi ? Il y a des choses que je dois creuser ?

— Non, je te parle de comment on peut évoluer, chercher, explorer d'autres possibilités. Et si on savait tout de soi à trente-neuf ans, la vie serait problématique. C'est tout. Et j'ai juste décidé de prendre un cours de karaté, pas d'être de droite ni de tout quitter pour aller vivre dans un monastère tibétain. »

Furtivement je l'embrassai, puis allai voir les enfants absorbés devant un dessin animé, je m'assis pour regarder avec eux Daffy Duck poursuivre Porky Pig, le premier vantant au second l'étendue des talents de son protégé : un jeune canard suçant une sucette géante qui déformait sa tête à mesure qu'il la tournait dans sa bouche. Daffy Duck était très insistant, Porky Pig cherchait à s'échapper de la pièce par différentes portes mais Daffy Duck réapparaissait derrière chacune, déguisé différemment à chaque fois, chantant une nouvelle chanson. Nils et Ève ne s'arrêtaient pas de rire, j'étais absorbé moi aussi par la situation toujours plus exagérée, absurde. Porky Pig parvint à rejoindre un avion qui décolla mais il découvrit que Daffy Duck en était le pilote ; le ressort comique plus burlesque, les péripéties crescendo quand Porky Pig sauta en parachute, mais Daffy Duck était aussi le parachute.

C'était fou ce qui se passait en dix minutes, plus que dans tous mes films réunis, la vingtaine que j'avais produits – des dizaines d'idées par minute. Je comprenais pourquoi ils regardaient ça plutôt que *Bambi*, portés par l'envie d'être dans l'instant d'après plutôt que dans la crainte de celui-ci, car l'instant d'après serait toujours encore mieux. Quelque chose vous tirait vers le haut, quelque chose de plus grand que la vie. C'était le sens réel de l'expression *bigger than life*, ce que pouvait, ce que devait être le cinéma : quelque chose d'entraînant où il se passait des choses, une énergie contagieuse – à l'inverse du gouffre énergétique qu'étaient les drames. Un plaisir brut, une recherche de plus de rires ou de péripéties, qu'importent les invraisemblances alors que j'avais toujours été moi arc-bouté sur une forme de crédibilité. Mais c'était quoi la crédibilité ? Des récits qui devaient coller aux faits ou à la vraisemblance comme un chewing-gum à la chaussure ?

On se fichait de la crédibilité, elle ne rendait pas plus heureux, ni la cohérence. Ce n'était pas ça qui faisait une histoire réussie, mais bien que quelque chose vous emporte, vous élève ; je ne savais plus soudain si je réfléchissais en termes de récit ou d'existence – car c'était quoi la crédibilité appliquée à ma vie : celle des choix que j'avais faits, d'un discours sur le cinéma ? Comme mon rêve n'était pas très crédible, mais je m'y sentais bien et cela primait. Depuis toujours, un besoin neurobiologique inscrit dans nos cellules nous faisait chercher à produire plus d'endorphine, les humains aiguillés par le plaisir, le bien-être, l'euphorie, shootés aux hormones opioïdes.

J'avais tourné autour auparavant et c'était maintenant évident, l'oasis apparaissait en plein désert, le temple au milieu de la jungle ; je regardais les personnages s'entrecroiser dans l'épisode suivant où Bugs Bunny se faisait poursuivre par Elmer Fudd. Tous étaient de la même petite taille, tous plus petits que des hommes de taille normale comparés aux éléments du décor – canapé, table, lit, accessoires inclus. C'était cela qu'était mon rêve : *bigger than life*, même si la version de moi y était plus petite en taille ; l'ensemble des situations, des sensations, était lui plus grand que la vie, que celle que j'avais là.

J'étais confronté à l'idée fondamentale que le rapport au monde devait être plus dense, frondeur, drôle – ce que devait être la vie tout court : une fluidité où il se passait des choses plus fortes, à l'opposé du sens de la mesure selon lequel j'avais toujours fonctionné. Il fallait retrouver une énergie impétueuse, vitale. Être emmené, une liberté. Désagréger la glaise. Tout allait dans le même sens.

19

À huit mois de la présidentielle, un militant de gauche décide d'infiltrer le parti d'extrême droite pour obtenir des informations sur sa campagne, il se retrouve nommé directeur de campagne. Pourquoi pas.

Un homme a la capacité de passer sous les portes. Un homme est phobique des Inuits, sans que ce soit du racisme. Ou un homme dont l'état d'esprit est inversé par rapport à son âge. Bof.

Un homme décide de dire oui à tout.

Un homme qu'on ne reconnaît jamais.

Un homme décide de postuler pour un job pour lequel il est surqualifié afin de remonter dans son estime personnelle. Bof aussi.

Les idées de longs-métrages qui me venaient à l'esprit étaient moyennement convaincantes, je les notais, cherchant parallèlement un pitch de comédie dans les scénarios sur ma table. Il fallait déjà appliquer l'évidence qui m'était apparue aux films que je produisais car ce n'était pas un objectif valable de faire pleurer la planète. C'était la comédie qui était *bigger than life*, qui procurait ce bonheur que j'avais vu sur le visage de mes enfants, pas les drames ; la version de moi dans mon rêve devait produire des comédies, ne pouvait produire que ça. C'était peut-être même le sens du rêve au premier degré : le nain historiquement bouffon du roi, une totale liberté de langage et d'action dans un but salutaire. Car c'était rire et non pleurer qui mobilisait l'hypophyse et l'hypothalamus pour relâcher les endorphines – de même que faire du sport, l'amour, manger, mener une vie sociale, se dépasser.

Je parcourus les sites d'information divers sur le Net, passai en revue autant de sujets potentiels de films, mais cette fois à la recherche d'un principe de comédie.

Manifestations violentes à Hongkong, conflit au Haut-Karabakh, bateau de migrants rescapé en Méditerranée, surendettement, non. Séisme en Californie, grèves, chomâge, nouvelle réforme sociale, renforcement des tensions avec l'Iran, non plus. Brésiliens terreplatistes, séquestration d'un patron par des employés en plein plan social, pas mal. J'appelai Benjamin sur sa ligne interne pour lui demander de venir, sans prononcer son prénom. Je m'en sortais bien finalement, j'avais cru que ce serait difficile de contourner un prénom, mais c'était juste une habitude à prendre. De toute façon, je ne pouvais plus le lui demander désormais, à moins de faire croire à une perte récente de mémoire. Benjamin arriva dans la seconde, comme s'il était déjà derrière la porte, prêt au cas où.

« Il faut parcourir les scénarios reçus ces derniers mois pour voir s'il n'y a pas une comédie parmi eux. Et appeler les maisons d'édition pour demander s'il n'y a pas des romans dans la dernière rentrée qui pourraient être adaptés en comédie, même si c'est peu probable.

— Quel genre de comédies ?

— Plus les frères Coen ou Nanni Moretti que Michael Haneke. »

Je repensai au pitch de l'homme qui mettait une kippa pour cacher sa calvitie, j'allai voir Eleanor pour le tester sur elle. Eleanor resta circonspecte, il lui en fallait plus pour se positionner ; Benjamin parut décontenancé aussi quand je le testai ensuite sur lui. Ou les deux étaient décontenancés par l'idée générale que l'on produise des comédies.

Or celles-ci permettaient d'atteindre les gens par un biais plus inconscient, je le leur dis, elles servaient à dire des vérités depuis toujours, pointer les déviances humaines, démasquer les ambitions, digérer la réalité. La comédie était juste une façon drôle d'être sérieux ; elle restait du cinéma, un genre noble, d'une variété insensée, de Billy Wilder aux Monty Python. Stanley Kubrick aussi en avait réalisé une. Et sans chercher dans les archives du cinéma, mais plus récemment : Armando Iannucci, Sacha Baron Cohen, Wes Anderson, je leur citai des noms en me demandant – ou pour leur demander implicitement – s'ils se croyaient supérieurs à eux.

Et c'était sans compter le bonheur qu'on propageait, ils ne devaient pas l'oublier. La comédie s'adresse à une pulsion chez les spectateurs. Les humains sont les seuls sur Terre à savoir qu'ils vont mourir, les animaux ne le comprennent qu'au moment même de leur fin. La comédie est ainsi la quintessence de la réaction humaine face à la peur de la mort – à défaut d'une réponse religieuse. Selon Freud, le but de la comédie est de proclamer l'invincibilité par le monde réel, l'affirmation victorieuse d'un principe de plaisir, se refuser à la douleur, à être otage de la souffrance. Entre la précarité, la communautarisation, les migrants, les pandémies, le terrorisme, l'épuisement des ressources naturelles, il fallait faire œuvre de salut public et non polluer davantage le monde avec des éléments sombres.

C'était un principe écologique nécessaire, un geste d'hygiène nationale afin de remonter le niveau général d'endorphine. Il valait mieux aussi faire des films où les proches seraient contents de venir à la projection, je pris en contre-exemple mon long-métrage sur le dictateur nord-coréen : une projection pouvait être un désert, la sortie entière un continent dévasté, les réactions des spectateurs donnaient alors une impression de sécheresse, renvoyaient à soi, à l'idée de sa propre sécheresse.

Eleanor et Benjamin acquiescèrent aux arguments, sans sembler acquis, mais il y avait une limite à chercher à convaincre ma propre équipe ; d'autant que ce n'était pas eux qui allaient financer ces films ou les distribuer. Ils n'étaient simplement pas les plus réceptifs à ce genre en général, et je n'avais pas recruté les plus comiques qui auraient de toute façon postulé dans un studio, pas une société indépendante, ils n'étaient donc pas les plus représentatifs du grand public. Il s'agissait aussi d'être pragmatique (ce qui était peut-être déjà une vertu de l'âge), c'était la comédie qui se montait plus facilement financièrement, et sans opportunisme on pouvait, en s'y attelant, voir aussi le signe qu'on était en phase avec l'humanité.

20

Dans mon bureau, les projets en cours d'écriture étaient toujours listés sur le mur, je les regardais, ils n'étaient ni comiques ni *bigger than life*. Clairement ils faisaient partie de l'étiquette qui entaillait le cou, de la glaise qui m'enserrait ; et il fallait se libérer des poids inutiles, faire le vide, place nette pour accueillir l'idée à venir, comme on prépare la terre avant de planter un arbre, retire les pierres, les vieilles racines. Il ne fallait plus aucun élément sombre, toxique, dans ma vie ni à l'horizon, et ces projets l'étaient ou l'étaient devenus ; j'étais semblable à ceux qui se rendaient compte qu'ils étaient allergiques au gluten et vidaient leur placard de tout paquet de pâtes et de gâteaux.

Je me délestais d'un poids sur mes épaules, d'autant plus léger lorsque j'appelai les scénaristes et réalisateurs des différents projets en cours pour le leur signifier : j'arrêtais leur développement suite à un changement de ligne éditoriale, excepté celui du *Dossier Guatemala* pour lequel on attendait encore concrètement une réponse. Le scénariste du *Volcan* ne comprit pas ma décision ; je lui dis qu'en raison de l'évolution de la crise des migrants dans le monde, le projet pouvait paraître déplacé, opportuniste et moins ample que la réalité (sans compter les millions de réfugiés climatiques qui s'en iraient un jour en quête d'une répartition juste des terres habitables).

Il s'agissait de partir sur de nouvelles bases, ce n'était pas qu'une question de films, mais de la vie : se laisser couler dans la fluidité, suivre la justesse. Pleinement bien parmi eux, dans cette nouvelle réunion de personnes de petite taille. Je ne percevais aucun contraste entre les participants et moi, mais une symbiose, je me sentais à ma place (de mon point de vue), éprouvais un relâchement total des tensions presque addictif.

Il aurait semblé étrange que je revienne seul, j'avais donc emmené Nils comme caution car il y avait une limite à mon implication en tant que père – quoi que je puisse faire, ce n'était pas moi qui étais de petite taille. J'aurais pu aussi prétendre que j'étais journaliste, que je préparais un article, mais cela aurait changé la nature de ma démarche, j'y songeai quand Nils m'avait demandé en chemin où nous allions ; j'étais censé l'emmener au cinéma et l'immeuble où nous pénétrâmes ne ressemblait en rien à un complexe multisalles. Je prétendis que la séance avait été annulée et que je devais me rendre à une réunion pour un film, ce serait intéressant pour lui, ça lui ferait découvrir d'autres choses dans sa vie, ouvrirait ses perspectives. Il ne fallait juste pas en parler, cela devait rester entre lui et moi – il était assez grand à sept ans pour garder le secret, non ? Nils hocha la tête pour dire que oui, évidemment. Je m'en voulais de lui mentir également mais il n'aurait pas plus compris qu'eux – ou peut-être si, les choses extravagantes pour la majorité des adultes semblent souvent normales aux enfants, un autre ordre du nécessaire préside chez eux, mais je préférais éviter qu'Alice soit au courant. Pour clore le sujet, je fis un signe du pouce à Nils en silence, alors que nous arrivions juste à temps dans le demi-cercle, nous asseyant sur deux chaises côte à côte.

De nouveau, j'écoutais les uns et les autres, tous étaient cordiaux avec moi, intégré à leur groupe sans devoir me justifier davantage. Tessa était là aussi, à trois places de moi, je lui souris, ayant douté un instant de sa présence ce soir en entrant dans le local de l'association. Puis je la saluai de la main quand elle me fit un sourire à son tour, je la voyais facilement par-dessus la tête des deux personnes entre nous. Je ne voyais qu'elle.

Pendant la réunion, Nils avait gardé les sourcils froncés, l'air dubitatif, observant autour de lui, ne sachant pas comment réagir quand un des participants lui sourit en hochant doucement la tête pour le saluer et me regarder ensuite. Je hochai la tête en retour. Nils croisa mon regard, ouvrit de grands yeux afin que je confirme que c'était bizarre d'être là, me le chuchota à l'oreille au cas où ses expressions n'étaient pas suffisamment explicites, estimant que je ne réagissais pas à la hauteur de sa perplexité.

« C'est bizarre quand même ici, enfin d'être ici ? »

Je chuchotai en retour à son oreille, tous deux mezza voce :

« Je comprends. En même temps ils sont comme toi et moi, ils sont juste plus petits, et cela ne devrait pas être un handicap, pourtant ça l'est.

— Ben si c'est un handicap.

— C'est un handicap surtout parce que la société ne fait rien pour leur faciliter la vie. Écoute et tu comprendras mieux, c'est important que tu réalises que dans la vie il y a des différences et qu'il faut tout faire pour pourvoir aux besoins de chacun, aplanir les difficultés. »

Nils, les sourcils toujours froncés, prit une attitude concentrée, tenta de masquer sa perplexité jusqu'à la fin de la réunion où tous se levèrent. Thibault, le directeur chauve de l'association, vint me serrer la main, puis serrer celle de Nils, passant l'autre sur les cheveux de celui-ci avec un sourire pour montrer qu'ils avaient exactement la même taille (ça lui faisait peut-être du bien de retrouver cette sensation de toucher des cheveux). Il demanda si c'était mon fils. J'acquiesçai, il dit que ça ne se voyait pas du tout. Nils ne comprenait pas de quoi il s'agissait, ni pourquoi cette personne tenait à montrer qu'il avait la même taille que lui (ni pourquoi il lui caressait toujours les cheveux). Puis Thibault lui souhaita bienvenue avant de saluer d'autres participants.

Nils se tourna vers moi.

« De quoi il parlait ?

— Aucune idée. »

Je levai les épaules pour dire que je n'étais pas dans sa tête, je ne pouvais donc pas avoir la réponse, et en supposer une ne nous avancerait à rien. Sur la table servant de buffet près de l'entrée de la pièce, je pris un verre – rien d'autre bizarrement que du jus de pomme, ce n'était pourtant pas une réunion des Alcooliques anonymes. J'en tendis un à Nils, lui dis que je revenais dans deux minutes, et après on rentrerait à la maison. Il pouvait lire en attendant les prospectus à disposition sur la table que je lui indiquai, afin de mieux comprendre les thématiques de l'association qui seraient un des sujets du film. Je sortis pour fumer une cigarette, dehors où je la guettais mine de rien, quand Tessa me rejoignit.

Les images du rêve se superposaient à elle là devant moi, comme si on se connaissait davantage que ce qu'on pouvait en prétendre en nous serrant la main et que je m'approchais pour l'embrasser sur la joue. Je ne pouvais m'empêcher de la fixer, sans savoir si j'étais attiré par elle tandis que la personne réelle, la vraie Tessa, reprenait le dessus sur le rêve à mesure que nous parlions de tout, de rien, et qu'elle m'intriguait toujours. Je lui posai des questions, la fit parler d'elle pour entendre sa voix. Ses intonations, ses expressions finissaient d'estomper les images nocturnes mais ne les contredisaient pas non plus, la vraie Tessa était charmante aussi. Je prétendis devoir envoyer un SMS pour la prendre discrètement en photo, garder une trace d'elle le jour, afin de pouvoir la revoir plus tard, y penser à tête reposée. Mes critères avaient peut-être changé, et ce n'était pas un fétichisme ou un trip, dans le rêve j'étais semblable à elle, je la voyais avec ces yeux-là. Du moins, ces images précédaient le fait de vouloir la revoir, qu'importe si je n'étais plus de petite taille et elle oui, discutant tous deux sur une même longueur d'onde.

Longueur d'onde parfaite la nuit quand elle est de nouveau dans le rêve et que la passion reprend. Nous effectuons des positions folles, nous essayant au tantra depuis des heures sur un voilier au large de Buenos Aires. Le soleil commence à se poser sur l'horizon, je suis à la barre d'une embarcation plus de producteur de comédies à succès que de drames. Ce n'est pas un canot, mais un vingt mètres de long qui file sur l'océan azur alors que Tessa me dévore des yeux, que nous explorons plus loin les côtes sud-américaines, le monde. L'ensemble est léger, fort, beau, aucun naufrage de boat people à l'horizon. Le ciel est devenu orangé, elle et moi à présent dans la chaleur de la cabine devenue le lieu principal de notre exploration en même temps que la nuit tombe, dans le tangage des corps, un chavirement intérieur.

La mer était une constante dans mes rêves, j'y pensai en ouvrant les yeux, mais quelle autre signification pouvait avoir l'océan à part le besoin de prendre le large ? J'avais toujours voulu aller à

Buenos Aires et faire du voilier, même si en trente-neuf ans j'avais voulu beaucoup de choses, certaines oubliées depuis, d'autres priorités entre-temps – mais celles-ci réapparaissaient. Et cela n'avait rien d'exceptionnel, d'inatteignable. Tout cela était juste.

Possible au fond. Tout.

VI

L'IMPASSE

21

« Qu'est-ce que tu fais ?

— Quoi ?

— Si, ta main là, tu fais quoi ? »

La réponse était compliquée à donner à Alice, tendue à la seconde tentative. Soit elle comprenait d'emblée, soit cela ruinait tout d'en parler alors qu'on faisait jusque-là l'amour relativement classiquement. Je l'avais réveillée en pleine nuit pour qu'il n'y ait pas de risque d'être en retard pour les enfants, sauf si cela durait plus de quatre heures, ce qui aurait pu être aussi une éventualité, mais qui sembla compromise par sa réaction.

« C'est pour essayer autre chose, tester un peu plus les potentialités de nos corps. Explorer.

— Non, j'ai pas du tout envie de ça. Je suis pas dans cette humeur. »

Mon approche avait peut-être été un peu brusque, soudaine, mais on n'allait pas avoir une discussion stratégique préalable sur les positions, la durée de chacune et leur enchaînement ; on n'allait pas planifier les choses comme si on préparait l'ascension d'une face du mont Blanc. Je le dis à Alice qui trouva que ça n'avait rien à voir.

« C'est pas ça la question, mais c'est pas nous. »

Sa réponse était pire encore : donc nous, c'était quoi ? Les positions prioritaires uniquement ? Faire l'amour réduit au minimum d'exercices classiques pour maintenir la forme, comme on le faisait depuis des années ? Une gamme donnée devenue un rituel ou une routine selon le point de vue ?

« Nous c'est pas quelque chose de figé.

— J'aime bien comment on le fait.

— J'aime aussi mais on peut tester des nouvelles choses. Il y a des formes de sexualité plus larges que ça, infinies en fait.

— OK, mais pas là. »

La tension dans l'échange pouvait potentiellement dégénérer, nous nous taisions pour l'éviter, nous regarder.

Je finis par interrompre le silence :

« Tant pis, continuons simplement, comme avant.

— Non, ça n'a aucun sens si on se dispute.

— Si, pourquoi ? Justement, pour apaiser la tension. »

Mettre cette énergie en action, la faire sortir, un exutoire. Pour ne pas arrêter comme ça, mais Alice n'était pas d'accord.

« Ben non. Je peux pas. »

Il était pourtant possible de dissocier les deux, se disputer et faire l'amour se jouaient à des niveaux différents qui n'interféraient pas obligatoirement ; mais elle écarta définitivement l'éventualité, se leva pour aller vers la salle de bains dont elle ferma la porte. Sa réaction était étonnante, décevante en fait, mon couple n'était clairement pas *bigger than life*. Le décalage était trop grand, qu'importe si c'était avec un rêve. Pourquoi je ne pouvais pas avoir ça dans la réalité ? Alice revint, regarda si je m'étais endormi.

« Tu ne dors pas ?

— Non.

— Tu comprends ma réaction ?

— Moyen. »

Alice ne comprenait pas que je ne comprenne pas, c'était son corps, elle estimait avoir le droit de ne pas vouloir. Forcément, mais ce n'était pas la question, ni un sujet sur lequel invoquer directement les droits de l'homme. C'était le fait qu'elle ne veuille pas qui me décevait, ni d'elle-même ni quand je le proposais – ni avant ni maintenant, donc jamais. Je ne voyais pas pourquoi ce ne serait que pour les acteurs de sites pornos ou les jeunes de vingt ans. J'avais déjà eu ça dans ma vie, pourquoi ne l'aurais-je plus ?

« Tu vas souvent sur des sites pornos ? »

Ce n'était pas le sujet, ou pas quelque chose dont discuter à deux, mais elle resta à me regarder, attendait une réponse.

« Oui, j'y suis déjà allé, pour mon information générale. Toi non ? »

Ma réponse sembla soudain une trahison, un élément supplémentaire pouvant mener à un incident ferroviaire (la sortie des rails de l'essentiel) alors que c'était un élément anodin.

« Non. »

Sa réponse à elle me parut être un manque de curiosité ou de libido (une trahison par rapport à l'avenir du couple, un refus de le faire évoluer). Rallongée dans le lit, elle redit qu'elle ne me comprenait pas en ce moment ; dos à moi, à un mètre de distance pour concrétiser le fossé d'incompréhension entre nous. Un froid explicite. Alice se rendormit, je regardais le plafond dans l'obscurité, songeur, réfléchissant à sa phrase : comme si au début d'un couple on était contents de découvrir tout ce qu'on ne connaissait pas de l'autre, avant d'arriver à n'être contents que de retrouver ce que l'on en connaissait déjà. Tout cela rendait le monde étroit, moins prenant.

Je voulus lui dire tout ça quand j'ouvris les yeux. Le jour s'était levé, je tendis la main mais ne trouvai que le froid des draps de sa partie du lit. Guidé par l'odeur des croissants faits par Nils et Ève, je me dirigeai vers la cuisine, ils m'embrassèrent, leur visage émaillé de miettes, m'en tendirent un.

Le froid de la nuit me revint quand je vis Alice, la croisant dans la pièce sans revenir ni elle ni moi sur la discussion. Pas même un baiser furtif, aucun bonjour. Elle pointa des feuilles sur le plan de travail : différentes formules de cours de voile.

« C'est pour quoi ? Pour qui ? On va pas louer un voilier ?

— Je vais apprendre à naviguer, je me suis inscrit. »

Les papiers imprimés la veille, posés là en évidence, semblaient soudain une provocation pour attiser les tensions, que les sujets latents sortent, or pas du tout, et ce n'était qu'un cours de dix jours.

« Mais je déteste ça, tu le sais, j'ai le mal de mer.

— Tu pourrais essayer pour moi, il existe des solutions contre le mal de mer, des bracelets qui agissent sur des points d'acupuncture, des médicaments. On pourrait faire ça ensemble. »

Car oui, il y avait des choses qu'on ne faisait pas avant et qu'on pouvait faire maintenant, ou si c'était important pour l'un, l'autre pouvait essayer – partager une envie. C'était important pour le couple de façon générale, pour qu'il avance, ne se sclérose pas. De plus, ça pouvait lui plaire ; je ne savais plus si on parlait de la voile ou si on revenait sur la discussion non résolue de la nuit, un langage codé pour Nils et Ève qui mangeaient des céréales, regardaient les photos des voiliers – Nils dessinant dessus un personnage à la barre, complétant le décor, alors qu'Ève en plia une pour en faire réellement un bateau. Et le mal de mer était peut-être ce qui empêchait Alice d'avoir une sexualité plus débridée, des solutions devant être efficaces là aussi. Elle et moi tournions silencieusement d'un endroit à l'autre de la pièce, comme deux aimants aux charges opposées, les trajectoires liées mais un espace incompressible entre nous, une danse muette qu'elle interrompit.

« C'est comme si tu faisais exprès.

— De quoi ? C'est positif.

— Rien. Laisse tomber. »

Nils et Ève sortirent de la cuisine, j'attendis qu'ils soient hors de portée sonore pour lui demander :

« Quel projet on a à deux ? Un couple après dix ans doit en avoir. Les enfants n'en sont plus un suffisant car déjà, à quatre et sept ans, ils ont moins besoin de nous. Même un trekking ce serait bien.

— Pas le trekking, ça non plus tu sais que je n'aime pas.

— T'aimes quoi alors ? Tu proposes quoi ?

— D'autres choses, voyager, la plage, le soleil. Les grandes villes. C'est ni mieux ni moins bien mais différent.

— OK, et hors vacances ?

— Je ne sais pas, je n'y ai pas réfléchi sous cet angle. Les choses peuvent se faire aussi naturellement.

Il y eut un bref silence. J'enchaînai, conscient que les silences ne nous étaient pas particulièrement bénéfiques.

« C'est quoi ton hôtel préféré à Tokyo ?

— J'en sais rien. Pourquoi tu penses à ça ?

— C'est une des questions, à la fin d'un magazine d'architecture, qui sont posées à des designers, des architectes. Je n'ai pas la réponse parce que je n'y suis jamais allé. Et pour avoir un hôtel préféré il faut en avoir déjà testé plusieurs. Comme pour répondre à la question de quel est ton restaurant favori à San Francisco ou ton lieu parfait où flâner à Berlin.

Quand je suis tombé dessus, je me suis rendu compte que certains peuvent y répondre et d'autres non. Tu ne t'es jamais demandé pourquoi ?

— Non. Puis c'est évident, ils ont juste un travail pour lequel ils voyagent plus que d'autres. C'est tout, c'est pas un critère de vie.

— Évidemment, mais c'est quand même le signe de quelque chose. Enfin tu comprends ce que je veux dire.

— On peut aller à Berlin si tu veux. Et on réservera différents hôtels sur le séjour, comme ça à la fin tu auras un hôtel préféré.

— C'est pas ça, mais ce que ça remet en cause : comment le monde devient restreint, la vie linéaire, si on ne fait rien de nouveau. Il ne faut pas oublier ce qu'il y a d'autre que la réalité qu'on vit au jour le jour. Comme parmi tout ce que l'on pourrait se dire l'un à l'autre, ou tout ce que l'on pourrait faire maintenant, on a choisi de s'engueuler.

— En fait, tu fais tout pour que ça dégénère. C'est facile de tout remettre en cause comme ça, comme notre couple ou ce moment. On ne peut pas tout juger à l'aune des autres possibilités. C'est théorique, et la vie c'est aussi un jour après l'autre, un instant après l'autre. »

Elle me regarda, dit :

« Quand tu te brosses les dents, tu ne te dis pas que c'est l'activité que tu as choisie parmi des milliers possibles. »

Je ne comprenais pas ce qu'elle voulait dire avec cette image.

« Quel rapport entre nous et se brosser les dents ?

— Je dis juste qu'il faut aussi se brosser les dents dans la vie et que ce n'est pas pour autant que quand on le fait, on a raté sa vie.

— On peut quand même juger en regard de ce qui est possible, du moins on peut le garder en tête car c'est la vérité aussi. Et dans les milliers de possibilités de ce que peut être la condition humaine, hors moments où on se brosse les dents, la mienne concrètement est là, ici maintenant. Car la condition humaine, c'est au bout du compte un ensemble de moments très concrets, ce qu'on en fait soi, chacun. Et ça reste, selon les personnes, plus ou moins un choix.

— OK, mais je ne comprends pas où tu veux en venir, et là je dois y aller. À propos de voyages, on n'a rien réservé pour cet été et je préfère que tu t'en occupes toi, ce sera plus simple, je sens sinon que la discussion va être compliquée. »

Elle traversa la pièce, me frôla, dit que je sentais bizarre.

« Je ne mets plus de déodorant, c'est pour les cours de karaté. »

Alice resta interloquée. Ce serait long à expliquer, je lui dis.

« Tu ne dois pas. Ça ne changerait rien, je ne te comprends pas comme individu en général. »

Certains éléments constituaient, selon elle, un faisceau d'indices probants de l'absurdité de mon comportement ces derniers temps alors que chacun d'eux, considéré individuellement, avait un sens, même si de son point de vue ce sens n'était pas évident (l'absence de déodorant encore moins). Surtout, ces éléments participaient d'un ensemble plus large qu'elle ne voyait pas, et qu'elle ne voulait manifestement pas voir. Alice saoulée, moi aussi.

« C'est comme si on évoluait vers des horizons différents. »

22

Ni elle ni moi ne savions qui avait dit la phrase car nous la pensions tous les deux – dans l'image moi évoluant vers mon horizon en voilier et elle vers le sien avec le moyen de locomotion de son choix. Ou personne ne l'avait dite mais je l'avais pensée très fort, ou cela se lisait sur son visage, c'était ainsi ; nous étions tous deux d'accord, en silence, dans le froid glacial de la cuisine. Il n'y avait rien à ajouter.

Cela ressemblait à une rupture sans les mots, on aurait pu tout autant se séparer là, mais nous gardions le silence pour en rester à la phase préalable. Une pré-rupture en comportements corporels basés sur l'évitement, des reculs, sourcils levés, regards absents ou distants. Une rupture qui deviendrait ouverte au premier faux pas, premier mot de trop, Alice et moi étions concentrés comme des chirurgiens en pleine opération alors qu'à la moindre inattention l'aorte serait coupée.

Dernièrement tout se tendait plus chaque fois dans ma vie comme un bout de voilier quand le vent s'engouffrait, la tempête. Et tout était plus juste en même temps, aller plus vite, filer sur l'océan.

J'avais besoin d'être seul ; pas de partir une semaine à l'autre bout du monde (faisable), mais seul fondamentalement, faire le vide, sans femme, sans passé ; rien entre l'horizon et moi (pas faisable). Je pensai aux Japonais qui disparaissaient de la circulation, dont on ne retrouvait jamais la trace, et à un livre de Seth Price que j'avais lu et qui expliquait comment le faire, *How to Disappear in America*. Pourquoi le faisaient-ils ? Pour échapper à des créanciers, recommencer une nouvelle vie comme une façon de densifier le temps imparti sur Terre, avoir deux vies plutôt qu'une ? J'y réfléchissais, derrière la difficulté de disparaître, il y avait celle de vivre avec une autre identité. Pour aller où ? Faire quoi ? Quel autre nom se trouver ? Dans la foulée, je me demandai si j'aimais Alice, la regardai pour lui poser la question à elle.

« Tu m'aimes ? »

Elle haussa les épaules pour montrer que ce n'était pas la question à poser en pleine dispute. Puis elle la retourna.

« Et toi, tu m'aimes ? »

Je hochai la tête pour dire oui, pas là tout de suite mais oui en général, ou que ce n'était pas le moment d'y répondre, puis nous repartîmes chacun de la cuisine dans des directions opposées.

Moi sur le chemin de mon cours de karaté, tendu comme un arc, concentré sur le battement de mon cœur. Un pas après l'autre, mes pieds sur le bitume faisaient un bruit semblable au frottement de feuilles d'aluminium, jusqu'au métro dans lequel je m'engouffrai, parmi le ballet de corps qui entraient et sortaient des rames. Une série de SMS de Benjamin arrivèrent à mesure que le métro me rapprochait de ma station sur la ligne 2. Des propositions de pitchs de comédies.

Une femme, en rejoignant un groupe féministe activiste, voit sa vie exploser en vol : couple, travail, relation à ses enfants.

Un homme se croit surdoué, ce qui explique son inadaptation toute sa vie. Mais il reporte le moment de passer le test.

Une famille fait son alya, quitte la France pour Israël, mais cela se passe mal, la famille hésite à rentrer en France (Alya-retour).

Aucun n'était drôle. Benjamin trouvait lui que cela l'était, il n'était visiblement pas d'accord quand j'avais répondu :

Bof. Pas très drôle.

Sa réponse fut immédiate :

Moi je trouve. C'est une question de goût. Ou de génération.

Génération ?

C'est plus ma génération qui va voir des comédies.

Je ne comprenais pas où il voulait en venir. Benjamin était moins crispé dernièrement qu'en roue libre, contrarié depuis je lui avais parlé de l'abandon des projets, déçu en fait par le changement de ligne éditoriale comme si c'était lui qui les avait lancés ou écrits. À moins que la responsabilité de la tâche ne le dépasse, les comédies n'étant pas du tout son domaine de prédilection. Mais je n'étais pas son père, il n'avait rien à jouer dans la confrontation avec moi à part une différence de génération justement – donc rien qui nécessitait d'être si frontal. Le but de la sienne était de prendre la place de la mienne, et la mienne de leur montrer que la vie, le travail étaient plus complexes que la fougue, l'ambition ou la croyance qu'on pouvait tout changer.

C'est la mienne qui les produit. Vous avez appelé les agents pour leur dire qu'on cherche dorénavant des comédies ?

Oui mais ça n'a pas suscité d'intérêt, ils voient mal quel genre de comédie on pourrait développer. Ou ils ne proposent que de vieux projets dont personne ne veut.

Et les romans ?

Je suis en train de regarder mais c'est pire, les sujets sont sinistres.

Aucune idée ne venait d'aucun bord. Avoir des idées de comédies était peut-être un métier en soi, ou il fallait être dans la disposition, pleinement dans l'état d'esprit et j'étais ailleurs. Ressorti à l'air libre au métro Belleville, j'avançai entre les vendeurs à la sauvette, leurs sacs plastiques remplis de ciboulette, d'œufs, de bâtons de citronnelle, repensant à la question de savoir si j'aimais Alice.

Le Grand Lézard

Au départ, il y a une seule idée : on aime l'autre. Mais à mesure que le temps avance, l'idée se divise en plusieurs idées, une différence se formant entre : aimer l'autre, aimer le couple qu'on forme et aimer qui on devient avec l'autre. Et à la question *Tu m'aimes ?*, la réponse devenait plus complexe qu'aux premiers jours, demandait dès lors de répondre positivement aux trois sous-questions.

Descendant la rue du Buisson-Saint-Louis, je passai près d'une prostituée chinoise qui me sourit ; je me demandai ce que ça voulait dire. Faisait-elle juste son boulot et était donc avenante qu'importe qui j'étais ? Étais-je plus séduisant que d'autres potentiels clients et elle préférait que ce soit moi le prochain plutôt qu'un vieux libidineux ? Ou sentait-elle chez moi un vide, un désert sexuel ? Son métier existait pour combler ce problème dans la société ; son sourire comme un geste rassurant et la reconnaissance d'une opportunité professionnelle parce que, de son point de vue, j'avais tout d'un potentiel client.

23

Mon odeur était plus forte que d'habitude lorsque je retirai ma chemise, après quatre jours sans déodorant ; une odeur de rage alors que je circulais torse nu dans les vestiaires du dojo, effectuant de larges mouvements en me changeant pour diffuser ma présence. Je ne savais pas si cela se remarquait ou se noyait dans la masse des différents effluves corporels, si les autres avaient les narines immunisées, c'était égal : je signifiais qu'il fallait compter désormais avec une nouvelle odeur quand j'enfilai mon karategi, une nouvelle personne dans la place, comme un cerf de plus dans la forêt qui lâchait ses phéromones au moment du brame.

J'étais prêt à dégommer tout adversaire, qu'il soit ou non en formation depuis des années dans des centres chinois, décidé à sortir les tensions accumulées ces derniers jours de toute part, le faire suffoquer sous mes aisselles, qu'il soit la partie pour le tout, qu'il sente que j'étais un adversaire de taille et qu'il me prendrait à pleins poumons. Je voulais lui asséner autant de awase zuki et de mawari ashi que de mauvais pitchs de comédie, de projets abandonnés, de jours de la semaine sans sexe, de distributeurs qui avaient dit non jusqu'ici au *Dossier Guatemala*. Je m'attendis au même partenaire que la dernière fois, mais on m'en attribua un plus nerveux, légèrement plus jeune que moi, qui commença à s'agiter après m'avoir salué. Le genre de personne à décharger aussi ses tensions de la semaine pour les prendre à bras-le-corps, les mettre KO au sol, la technique en plus. Son regard était étrange, très hargneux, et concrètement dans la situation, ces tensions c'était moi, l'homme face à moi semblant oublier que nous étions partenaires et pas adversaires.

Le chemin qui menait à caler sa tête sous mes aisselles parut moins évident alors qu'il me tournait autour, ses mouvements saccadés, lâchant des petits coups que j'évitais, j'essayai de l'atteindre à mon tour, mais les tensions à décharger pour lui semblaient moins celles de la semaine que celles d'une vie, des conflits psychologiques profonds. Peut-être était-ce ça ce sport, comme la boxe, la lutte ou le kick-boxing : une discipline de gens émotionnellement instables ? Rien à voir avec un combat de sumo qui ressemblait en comparaison, si on avait la taille requise, à une étreinte entre deux corps complexés mais sans heurts majeurs possibles.

Son pied gauche arriva de nulle part dans mon flanc droit pour remettre une couche sur la contusion restée du coup que j'avais reçu dans le métro.

Dans le recul de mon corps dû au choc, j'entendis le craquement de mes côtes avant que la douleur s'étende à toute la zone droite de mon corps, l'irradie, et que, déséquilibré, je retombe sur l'autre flanc la mâchoire crispée. La chute d'un corps en souffrance sur le tatami.

Il s'approcha pour me tendre la main.

« Ça va, mon vieux ? »

Intérieurement je me tordais de douleur en me relevant, la main sur les côtes mais en silence, avec dignité, pour montrer que ce n'était pas ça qui me terrasserait, et parce que me tordre réellement n'aurait qu'amplifié la douleur.

« Les côtes, c'est emmerdant. En plus, ça fait mal. Désolé. »

Mon adversaire constata les dégâts sur un ton neutre, moins impliqué qu'un gérant de pressing devant un tissu taché de fruits rouges. Un ton de garagiste devant un sinistre, de celui pour qui fêler des côtes ou se les fêler était de l'ordre du quotidien, des dégâts collatéraux probables – la vie, tout simplement. Il me salua pour clore le combat, la courtoisie de base de la pratique étant compatible avec le fait de vous avoir démoli. Dans la zone droite de mon corps, la tension restait très réelle malgré la douche glaciale que je pris pour tenter de calmer la douleur. J'abandonnai le combat, l'idée même du karaté, la laissant s'écouler dans la bonde en même temps que les ions néfastes qui chargeaient l'air et les odeurs multiples qui s'étaient collées à moi et étaient en elles-mêmes une raison d'arrêter.

Chaque changement de position était complexe, chaque mouvement influait sur les côtes et provoquait un élancement. J'étais déjà assis quand Tessa me rejoignit sur la terrasse chauffée du restaurant où nous avions fixé le rendez-vous, je me soulevai légèrement par égard.

« Une douleur au flanc droit. »

Je le lui expliquai pour qu'elle ne croie pas que je restais à moitié assis par impolitesse, ou que c'était une attention de personne de taille normale par rapport à une personne de petite taille, destinée à ne pas créer d'écart. Tessa s'approcha pour m'embrasser.

« Des soucis ? Parce que souvent le dos…

— Non, ça doit être une côte fêlée. »

Je fis un signe pour dire qu'il n'y avait pas à en parler.

Elle ouvrit la carte du restaurant, la parcourut par automatisme ou en raison d'une gêne passagère due au fait de nous retrouver là. Je la regardais, la scrutais presque quand elle le remarqua, me sourit avec une interrogation légère dans le regard. Nous étions contents de nous voir mais très vite, passé le débriefing de comment nous allions respectivement depuis la dernière réunion et la commande des plats, nous ramions. Je voulus me lever pour rattraper le serveur, changer de plat, mais impossible, la douleur était trop vive, et c'était davantage pour créer une diversion. Je réalisai que concrètement nous étions au restaurant, tous les deux, mais pourquoi au fond ?

Visiblement elle se posait la même question alors que le courant passait moyennement entre nous, rien de spécial, se tutoyer n'y changeait rien. Un blanc latent resurgissait au moindre interstice dans la conversation sur nos parcours individuels, qui nous étions, pour s'étendre, créer des terrains en friche, des zones de flottement, aucun jeu de regards ou de séduction ne prenant le relais ni ne créant de conversation parallèle. Tessa était toujours mignonne mais je n'étais pas spécialement attiré par elle, ni inversement : aucune chimie particulière, pas l'ombre d'une passion en vue. Je lui demandai si elle aimait l'Argentine, je m'étais renseigné, avais investigué certains lieux sur Google Earth ou certaines thématiques : San Telmo, la Patagonie, le mont Fitz-Roy, le lago Argentino entouré de montagnes aux flancs dépouillés, les à-pics de glaces outremer dans l'eau turquoise, le cinéma argentin, Borges, Cortázar. Je lui en parlai comme si elle était impliquée potentiellement, ou pour l'impliquer, lui vendre l'Argentine.

Elle ne connaissait pas, moi non plus, mais j'avais envie d'y aller, je le lui dis. Tessa ne comprenait pas pourquoi je continuais d'en parler si précisément, mais elle comprenait que je semblais attendre pourtant qu'elle ait un avis sur le sujet, qu'elle le valide en un sens.

« L'Amérique du Sud ne m'attire pas du tout, je découvrirais plus le Proche-Orient. Ou le Moyen-Orient.

— Et faire du voilier ?

— Faire du voilier ?

— C'est quelque chose que tu aimes ?

— Non plus. »

La gêne mutuelle grandissait, le pourquoi de nous ici devenait une question majeure arrivée sur la table en même temps que les plats. L'interrogation dans son regard n'était plus légère, c'était une inquiétude presque. Elle demanda si je l'avais invitée pour lui parler de mon fils, des questions que je me posais sur son futur. Devais-je lui dire que Nils n'avait aucun problème de croissance, ou continuer à le prétendre ?

« Non. C'était comme ça. Parce qu'on s'entend bien.

— Je suis mariée en fait. »

Je haussai les épaules, je ne voyais pas en quoi ça m'empêchait de déjeuner avec elle. Tessa reprit :

« Je ne sais pas pourquoi j'ai dit ça. »

On le savait tous les deux, plongés dans l'étrangeté de ce rendez-vous qui ne menait nulle part. Tessa si proche et si lointaine.

« Et toi, tu es marié ?

— Séparé, depuis très récemment. »

L'idée me détendit soudain, comme un relâchement de la tension que je connaissais avec Alice en général, et celle immédiate avec Tessa. Rien ne se passait comme prévu, j'œuvrais pourtant dans le sens du rêve. La réalité était à mille lieues, aucune passerelle entre les deux, ni entre Tessa et moi, je fus heureux que l'addition arrive. C'était n'importe quoi.

L'ensemble de ce déjeuner était n'importe quoi, l'ensemble de ma vie ces derniers temps : le karaté, ma relation avec Alice, le sujet de comédie que je ne trouvais pas, le rêve. La glaise ne s'était pas désagrégée mais un amas de terre boueuse me collait aux pieds, je n'avais repoussé aucun mur mais je m'enfonçais dans un labyrinthe, plus tendu encore, prêt à dépasser tous les petits vieux possibles en courant, les jeunes aussi mais non. Impossible. La douleur me le rappela quand je me levai pour quitter le restaurant. Nous nous serrâmes la main, revenus à cela, je la regardai s'éloigner de dos dans la rue, Tessa réellement si proche et si lointaine, si vite déjà loin alors qu'il s'agissait d'un effet de perspective.

En rentrant, je passai devant une église, y entrai. Les prières accumulées entre les murs renforçaient la densité de l'air, chargé d'empathie et de recueillement. Le lieu demandait de prendre position, je repensai à la question de Nils, si je croyais en Dieu. Dans l'inconfort de ne pas avoir d'avis tranché, je restai sur le seuil, car si j'y pénétrais sans faire aucun signe religieux ni formuler aucune acceptation intérieure de l'idée de Dieu, c'était comme entrer chez quelqu'un et ne pas lui dire bonjour : un acte qui se remarquait plus que faire semblant de ne pas le voir en le croisant dans la rue.

Je fis donc un léger signe en progressant dans la nef, pas de croix mais de tête, pour montrer que j'avais conscience que ce n'était pas un lieu neutre. M'asseyant sur une des chaises, je songeai que je pouvais, à défaut de trancher la question de ma croyance, être déjà croyant dans les églises, prendre cela comme parti, une ouverture – sans pour autant être juif dans une synagogue, musulman dans une mosquée ou bouddhiste dans un temple, il fallait garder une ligne de conduite personnelle (le catholicisme dans mon cas). Le craquement du bois trancha avec le silence du lieu que seuls entrecoupaient de rares battements de portes et passages d'individus qui préparaient la prochaine messe.

Je ressortis aussitôt.

Il n'y avait aucun dialogue particulier à avoir, ni avec une entité supérieure ni avec moi-même ; à la place je voulais avancer dans la rue. Avancer concrètement de façon générale avec les données actuelles.

Coller à la réalité.

VII

L'utilité du détour

24

Une centaine de personnes occupaient le dédale de salles de l'immense appartement, le fond sonore et le bruit augmentaient en intensité à mesure que j'avançais vers la pièce centrale, faisais le tour de la fête de l'avant-première où je venais d'arriver. Je circulais à travers une géographie de petits groupes de gens majoritairement entre vingt-cinq et trente ans assis dans les canapés, debout dans le couloir, saluai une série de connaissances en direction du buffet où une jeune femme élancée me tendit un verre, m'ayant confondu avec un ami, la méprise devenue le point de départ des présentations.

Elle était actrice et s'appelait Virginie, comme l'État américain, avait-elle précisé ; je lui avais dit Thomas, comme Edison. Elle avait souri l'air de dire peut-être. Son regard devint plus pétillant quand je lui racontai que j'étais producteur, un instant intriguée par le mot lui-même, indépendamment de moi, comme quand un individu au bord du burn-out entend *Brésil* ; une sorte de réflexe instinctif à réagir positivement, indépendamment de la région exacte (Nordeste, São Paulo, Paraná). À sa demande, je lui avais cité les films que j'avais produits, son sourire s'était estompé comme s'il s'était agi de noms de dictatures inconnues ou de particules chimiques à jouer au Scrabble. Mais cela restait plus attrayant comme profession que si j'avais dit régisseur ou ingénieur du son. Le mieux aurait été réalisateur, cela aurait été comme avoir déjà un billet pour Rio, d'autant plus pour une jeune comédienne, le début d'un rapport désirant-désirée – et là tu me trouves comment ?

L'État de Virginie fut vite perdue en route, elle avait retrouvé le réalisateur du film dont il était question ce soir, pour qui elle avait tourné un petit rôle. Je continuai mon chemin après lui avoir fait un geste pour dire qu'on se verrait peut-être plus tard. Dans mes déambulations, je l'apercevais parfois au loin, quelque chose de lumineux irradiait d'elle, faisait que je la retrouvais tout de suite dans l'assemblée – ou son visage m'était maintenant familier – avant de poursuivre mon tour, traverser plus de monde, de conversations qui me parvenaient par bribes au milieu des rires brusques, des zakouskis allant du tarama norvégien à l'agneau tandoori comme une volonté de globalisation à échelle de verrines ; avançant parmi des joints tendus dans ma direction, des verres posés ici et là, des gens qui dansaient, la musique plus forte, jusqu'à la terrasse où je fumai une cigarette seul dehors.

Dans la nuit glaciale, mars était encore le cœur de l'hiver. La buée s'échappait de ma bouche, se collait sur les vitres à l'intérieur. Un début de brouillard flottait au-dessus des rues en contrebas, je le regardais se répandre, appuyé sur la balustrade. Celui-ci était-il réel ou n'existait-il que pour moi – mon flou intérieur qui se répandait sur le monde ? En hauteur, derrière les fenêtres des immeubles, je contemplais des gens éteindre la lumière pour aller se coucher quand des insomniaques erraient immobiles devant la télé ou d'autres vaquaient à leur vie. Quelques rares joggeurs fendaient la brume, des joggeurs purs et durs à cette heure tardive, ou c'était un mélange de djihadistes qui entretenaient leur forme pour la dernière fois et de gens fuyant les forces de police après avoir volé un sac ou dealé sous un porche. Dans la nuit, tout se mêlait. Le spectacle du monde.

Revenu dans la foule, j'étais capillairement en dessous, si l'on exceptait deux trois jeunes dégarnis en comparaison de qui j'avais une crinière énorme, mais je l'acceptais ; comme il était vain de retirer chaque poil blanc qui apparaissait, le combat perdu d'avance (sauf pour devenir chauve intégralement). Regardant parfois autour de moi si j'apercevais Virginie, j'étais devenu le plus vieux de l'assemblée, mais dix quinze ans de différence d'âge ne changeaient pas tout, outre le fait que tout le monde serait vieux un jour, personne n'arrivant à l'assimiler : ni qu'ils le deviendraient pour les jeunes, ni que c'était à présent eux les vieux pour les autres. Seule changeait l'énergie globale qui traversait la pièce : une foi en l'avenir comme un absolu qui semblait de leur âge, ancrée dans l'idée que ce n'était pas parce que tout le monde leur disait que la vie était complexe qu'ils ne pouvaient pas essayer à leur tour, à leur façon, animés, doués d'une force vive.

J'étais aussi animé qu'eux au fond, même si certains éléments avaient pu m'apparaître comme des signes que je vieillissais alors qu'ils tenaient davantage au fait d'avoir des jeunes enfants (faire une sieste après le déjeuner, manger à heures fixes, partir vers des destinations ne demandant ni vaccins ni décalage horaire ou accepter qu'une discussion soit rarement menée jusqu'au bout). Tandis que je me faufilais à travers les pièces, les foules successives, Virginie fut soudain face à moi, reprenant la discussion au point exact où on l'avait laissée, à ses prémices.

L'État américain était vive dans ses réactions, intéressée, tous deux enthousiastes sur tout. Ou elle était profondément enthousiaste de nature et je la suivais, son excitation activée devant n'importe quel élément nouveau, et tout était nouveau, c'était le propre d'une rencontre. Chaque élément de votre vie, vos goûts, votre façon de vous raser, qui vous étiez au quotidien, devenait pour l'autre des contrées inédites, intrigantes, avec la possibilité de tenir une discussion d'une demi-heure sur des sujets simples : le fait d'aimer les pâtes, l'Italie, Paul Thomas Anderson, la littérature russe, d'en parler en détail – tout étant une porte d'entrée sur ce territoire plus large que *vous* étiez en général. Un *vous* nettoyé, lustré, redécouvert. Une forme de renouveau de soi était ainsi en cours, le passé simplifié pour en montrer à l'autre un aperçu global, un résumé dans les grandes lignes qui donnait une consistance à votre vie. Le reste – les errances, les atermoiements – était écarté, devenu anecdotique, ou se constituait d'épisodes que vous aviez dépassés haut la main pour devenir qui vous étiez aujourd'hui. Un *vous* sain, en parfait ordre de marche, sans aucune ombre au tableau.

Au fil de la discussion, on avait ri, je ne savais plus de quoi ni si nous avions même continué à parler de choses précises, le contenu relégué au second plan. Un jeu de séduction léger prenait place entre nous, son attitude très comédienne (ou c'était dû au fait qu'elle soit de douze ans plus jeune que moi), sans que nous ne cherchions à savoir où cela nous menait, le sachant très bien en même temps, tous deux dans une légèreté qui le serait davantage sans vêtements. Elle jeta ses bras autour de mon cou pour m'embrasser et m'emmener danser dans un coin de la pièce la plus sonore, glissant de dos le long de mon corps devenu l'axe autour duquel elle virevoltait en souriant ; puis elle finit par m'attirer vers un cagibi, une réserve qu'elle ferma à clef pour remonter sa jupe, défaire mon pantalon et grimper sur moi, souriant toujours – force vive sexuellement aussi. Je la regardais changer de position, ses fesses fermes comme un paysage tendu vers moi alors qu'elle me souriait comme si on jouait un jeu qui devenait chaque fois plus rigolo. Le champ d'investigation était infini, une inventivité, un dialogue à base d'intuitions, de contre-propositions, un flux positif, spontané, la simplicité jouissive comme règle clé.

Cela tenait à son âge ou à une libération sexuelle qui existait peut-être chez les trentenaires fondée sur le fait que plus le monde allait à sa perte, plus il était urgent de faire l'amour, comme un réflexe pré-apocalypse. Ou elle était simplement le genre de femmes pour qui faire l'amour était aussi simple, fréquent, intégré à la vie que boire un café. Dedans, dehors, des lieux privés, des lieux publics, en longueur, des positions de compétition, une forme d'athlétisme ; en vitesse aussi, très adepte du quickie, même quand on n'a pas le temps, pour la sensation, un entraînement flash afin de rester dans l'état d'esprit ; aucune habitude d'une fois à l'autre, aucun déroulé prévu ou prévisible ni signes avant-coureurs quand seul existait son désir parce qu'elle en avait envie maintenant – comme là.

Revenus dans l'agitation, nous flottâmes dans la lumière diffuse, la musique encore amplifiée. Le plaisir monté d'un coup comme une drogue se maintenait au plus haut, tout semblant plus irréel, ou la montée de plaisir avait décuplé l'effet de l'alcool et du pétard pris précédemment. Virginie se mêla à un groupe quand je repartis vers la terrasse – un besoin d'air frais –, dehors où le brouillard semblait plus dense encore.

À travers la vitre, j'observai l'État américain discuter, rire, boire un verre, parler avec les mains, tous ses gestes se chevauchaient, la simplicité jouissive se dégageait d'elle tout entière. Une capacité à prendre au monde qui semblait s'appliquer à tout : bouger, manger, parler, marcher. Je me rendis compte qu'elle avait l'âge d'Alice quand je l'avais rencontrée ; comme s'il s'agissait de la possibilité de revivre ma relation avec une autre femme. C'était une idée de film possible : l'histoire d'un homme qui ne vivrait des relations qu'avec des femmes entre vingt-huit et trente-huit ans. Surtout, je comprenais un principe simple : dans le brouillard, il fallait soit scruter attentivement le sol pour savoir où mettre le pied, ou avancer en se fiant moins à ses yeux ou son cerveau qu'à son intuition, se faire confiance un pas après l'autre.

Je produisais potentiellement des comédies et avais rencontré une actrice de comédie, il y avait une cohérence a priori. Et j'appliquais le sport de compétition vécu la nuit – Tessa ayant été une piste trop littérale –, allant pleinement dans le sens du rêve qui pouvait être une forme de pulsion à la base de ces changements un peu désordonnés dans leur façon d'arriver dans ma vie, un enchaînement imprévisible. J'en étais là, mais pourquoi pas.

Une liberté vive prenait place, corps, forme dans ma vie, un chaos léger que j'assumais. Devant l'étrangeté d'un corps nouveau vingt minutes plus tôt, j'avais pourtant compris ses réactions immédiatement, retrouvé d'un coup une façon spontanée d'appréhender le monde, réagir, s'adapter à la nouveauté qui reprenait place dans mon existence et s'appliquait à tout : un corps, l'Univers. C'était une forme de Big Bang à mon échelle, et une confiance dans la vie en général (et je pouvais ne rien savoir, chacune de mes cellules savait, elle, quoi faire pour me préserver de ma naissance à ma mort).

Virginie m'aperçut sur la terrasse à travers la vitre embuée, se tourna vers moi brièvement en souriant, me fit un clin d'œil que je lui rendis, m'en voulant. Je pensai soudain à Alice. Pris de nausées, je voulus prendre plus d'air frais, mes poumons ouverts au maximum, me cachant derrière un grand bac d'où se dressaient des arbustes. D'un coup, je vomis de culpabilité, ou c'était le tarama qui avait un drôle de goût en y repensant, ou bien le trop d'alcool et de pétard, me demandant malgré tout si tout cela était juste, si j'évoluais bien.

25

Le surlendemain je me le demandais toujours – est-ce que j'évoluais bien ? – au milieu des squelettes de dinosaures, de smilodons dans la galerie d'anatomie comparée et de paléontologie du Muséum national d'histoire naturelle. Nils et Ève s'aventuraient de leur côté quand je déambulais entre les fossiles, les échinodermes orangés, les gastéropodes en rangs, vers les primates dans des vitrines, sous l'ossature immense d'une baleine australe. La réplique d'un *Australopithecus anamensis* était à présent face à moi, le premier préhomme exclusivement bipède connu qui pouvait figurer comme notre ancêtre.

Il mesurait à peine un mètre quarante, plus ou moins ma taille dans le rêve même si c'était un hasard (ou non, le rêve voulant me renvoyer vers du primitif). Lui et moi appartenions, comme les primates, au genre des grands singes, j'étais juste une version plus aboutie de lui, la suite de son évolution. Et je me demandais moins si j'évoluais bien ces dernières semaines que de façon générale : derrière quoi je courais, vers où j'avançais ? Pas sûr qu'avancer soit vraiment cela.

Le rêve avait créé un désordre, je m'étais peut-être emballé, d'autant que depuis deux jours celui-ci était relativement incernable. J'avais voulu que les choses changent et elles changeaient, mais dans quel sens ? La langue anglaise avait l'expression *mixed feeling*, et celle-ci s'appliquait parfaitement à ma situation, je n'arrivais pas à décrire le sentiment qui m'habitait : appréhension, ferveur, apathie, entrain, tristesse, joie, remords, nostalgie, liberté. C'était plutôt un mélange de plusieurs sentiments dont les doses changeaient selon les jours, mais pas l'impression de flou général qui rendait ceux-ci insaisissables. Chaque assemblage précis aurait d'ailleurs pu porter un nom, comme des cocktails, afin de les identifier auprès d'autres personnes, faciliter la communication – dans un état d'esprit non *Cosmopolitan* ou *Bloody Mary* mais de nouveaux noms à trouver. Alice nous rejoindrait pour le déjeuner, je pensais à mon infidélité, certains devaient être doués pour mener une double vie mais pas moi, le nœud à l'estomac d'autant plus fort qu'avec l'État américain on s'était envoyé des SMS, laissant une suite possible.

Le rapport entre Alice et moi commençait à se pérenniser dans une nouvelle forme, nous étions vigilants tous deux à présent au moyen de garder une distance maximale, froids, fermés mais posés dans la façon de discuter de certains sujets – grands principes d'éducation générale et petits détails d'organisation

– afin de ne pas être comme tous ces couples qui ne cessaient plus de se disputer. Nous nous comportions l'un envers avec l'autre d'une manière civilisée qui témoignait qu'on avait eu des raisons d'être ensemble, d'avoir construit cette famille, mais que ces raisons n'étaient plus évidentes. La distance entre nous semblait non des jours, des semaines, des mois, mais des années-lumière – un éloignement concret.

Nils déposa son carnet ouvert sur mes genoux.

« Tu sais, j'avance sur mon projet de film, et j'ai eu d'autres idées, car je veux que ce soit bien, original, pas que ça commence par *Il était une fois*, tu vois ? J'ai déjà beaucoup de pages, je te montrerai bientôt. »

Nils tourna les pages remplies de dessins et d'écritures pour me donner un aperçu : des personnages, des situations, des blagues développées au fil de cases distinctes. Nils prolixe, vif, plus fécond et joyeux dans le processus créatif que la plupart des réalisateurs et scénaristes que je pouvais croiser (mais moins structuré). Dans sa démarche, tout était simple, spontané, les idées successives, jaillissantes, Nils passant d'un projet à un nouveau alors que je ne trouvais toujours pas d'idée valable de comédie malgré les propositions que Benjamin continuait d'envoyer par SMS, comme une sorte de fil info continu du résultat de ses recherches.

« Mais tu crois que t'es le bon producteur ? Parce qu'en fait t'as jamais produit de dessins animés.

— Ça ne change rien. Ça reste un film, c'est pas plus compliqué à produire. Et il y a un début à tout. »

Nils réfléchit, immobile, j'avais l'impression moins de lui répondre que de devoir le convaincre, il finit par hocher la tête.

« OK. »

Je le regardai rejoindre Ève qui faisait des acrobaties dans les allées, les squelettes d'animaux étaient son public, pensant que leur attrait pour les histoires était moins mon fait que le propre de leur âge. Mais que pouvait-on transmettre à ses enfants ? Des gènes courageux, un sens de l'esthétique, des pieds plats. De l'autodérision, une calvitie à un moment donné de sa vie. Une façon d'aplanir les problèmes, un compte en banque. Un nom aux consonances germaniques, une statue venant de ma grand-mère. Ou l'idée qu'il fallait chacun bien évoluer pour que l'espèce évolue dans le bon sens, une continuité du monde à laquelle nous travaillions déjà en famille, même s'il y avait derrière une question psychanalytique (ne pas accepter de mourir).

En les suivant dans le labyrinthe de galeries, la même impression me vint que chaque fois que nous étions tous les trois : celle d'un rythme moins organisationnel parce que plus désorganisé, mais fluide pourtant. L'organisation était peut-être plus instinctive quand elle se faisait au rythme d'un seul parent, plus ludique – pas une famille complète mais une petite bande. Et y réfléchir là sembla comme l'anticipation de la possibilité qu'Alice et moi nous séparions ; comme si le moment que nous traversions s'étirait, devenait la norme, une séparation de fait ; anticipant aussi sa réaction quant à la garde.

Nous avions eu le débat pour de faux des années avant, théorique mais sans ambiguïté quant à l'issue pour Alice qui estimait que, pour les enfants, ce serait plus structurant d'être avec elle la semaine. Je ne comprenais pas alors si, de son point de vue, cela tenait au fait qu'elle était leur mère – une croyance de toutes les mères qu'elles étaient plus nécessaires aux enfants, un avantage qui se perpétuait pour les avoir portés – ou si elle s'estimait plus structurante comme personne tout court. Je n'étais pas d'accord avec elle, et ne l'étais pas là non plus en y repensant, me trouvant plus structurant sur d'autres fondamentaux de leur éducation. Je réfléchis à ce que ça aurait donné d'en élever chacun un de son côté pendant dix ans et confronter ensuite les résultats, la différence entre les deux, pour lui démontrer mon point de vue (comme une sorte de concours complexe à mettre en place, même si l'idée n'était pas la plus structurante en soi, outre le fait que l'expérience serait perturbante pour eux).

« C'est quoi ça ? »

Ève me montra un cerveau plongé dans le formol d'un bocal, sur une étagère dans la galerie où je les avais retrouvés. Puis une chose informe posée à côté, un caillou vraisemblablement. Je devais avoir les réponses, cela faisait partie de mon rôle de parent ; je regardai sur Wikipédia et les pancartes disséminées dans le lieu pour montrer qu'il y avait toujours moyen de les trouver (à ces questions-ci du moins). Des réponses plus globales existaient aussi, je leur expliquai des choses élémentaires sur le monde, les espèces éteintes, les fossiles de plantes ; leur donnant l'essentiel de ce que j'avais lu sur le sujet, que les hommes modernes n'occupaient, en durée, qu'un dix millième de pourcent de l'histoire de la Terre, bien moins que les dinosaures et les méduses.

Des formes de vie avaient disparu, et d'autres s'étaient créées – une longue évolution dont le but de ce musée était de garder des traces. L'Histoire était faite de crises invariablement suivies de bonds spectaculaires, et pour que cette évolution ait lieu, il devait s'effectuer un équilibre entre stabilité et innovation : trop d'erreurs et les nouveaux organismes ne pouvaient pas fonctionner, pas assez et leur adaptabilité se trouvait sacrifiée. J'avais soudain l'impression de moins leur expliquer le monde que résumer devant eux ma propre situation.

« L'important est surtout que toute chose vivante n'a qu'une seule pulsion irrépressible au fil des millions d'années, quels que soient les environnements et les espèces : continuer à être, car la vie veut être. »

Comme ces lichens – différentes formes de mousses devant lesquelles nous passions en nous dirigeant vers la sortie – avaient été les premiers à conquérir la Terre il y a quatre cents millions d'années, prêts à endurer, comme nous tous, toutes les privations, souffrir mille morts pour un instant supplémentaire d'existence.

26

« Quoi ?

Je regardai Alice, attendant qu'elle répète ce qu'elle avait dit, mais elle n'avait rien dit qui demandait d'être compris.

« Non rien, je pensais à voix haute. »

Alice replongea dans la carte du restaurant en face du Muséum où elle nous avait rejoints, ne dit plus rien, Nils et Ève jouaient à des jeux sur nos téléphones. Et plus généralement c'était une erreur de vouloir se parler. Nos regards se croisaient de temps à autre, ne laissant rien transparaître, c'était le but : que tout paraisse lisse. Un moment familial (a priori heureux) vu de l'extérieur, tous les quatre (du moins du point de vue des enfants). Alice avait naturellement ses raisons d'être avec Nils et Ève, moi aussi, comme eux deux avaient leurs raisons d'être l'un avec l'autre ; seul manquait autour de cette table un lien direct entre Alice et moi – motif pour lequel nous étions plus souvent tous ensemble qu'à deux dernièrement.

Ce moment pouvait-il malgré tout être beau en soi, parvenir à composer avec les tensions, ne pas s'engueuler, tenter de passer au-dessus alors que toutes les raisons étaient là ? Fallait-il regarder l'inverse : le froid entre elle et moi était devenu à force un état moins problématique qu'une nouvelle donnée intégrant une diminution des attentes envers l'autre, tous deux acceptant la situation au lieu de se rebeller ? Le silence était ainsi le son prédominant entre nous, sauf quand l'un de nous se parlait à lui-même, ce qui n'était en rien une tentative d'interaction mais une façon d'assimiler la donnée de base qu'on était fondamentalement seul de la naissance à la mort.

Nous étions conscients Alice et moi que dans un couple long terme avec deux enfants, il y avait le besoin implicite de minimiser les tensions, sinon les conséquences seraient lourdes. Pour cela, les disputes étaient rarement menées jusqu'au bout, les sujets jamais clos ni même parfois abordés en cas de désaccord majeur (être parents tenait donc aussi à la capacité à masquer ces désaccords). Personne n'avait dit que créer une famille était une aventure sans difficulté, mais combien de temps les tensions entre deux individus étaient-elles acceptables ? À force de les masquer, disparaissaient-elles ? Ou les individus reprenaient inévitablement le pas sur les géniteurs pour acter leur désaccord (mais quand) ? En attendant, vu de l'extérieur, nous formions une famille unie déjeunant un samedi.

« Vous allez vous séparer ? »

Ève avait levé brièvement la tête vers Alice et moi pour poser la question. Je lui répondis aussitôt.

« Non, pourquoi ?

— Je sais pas, vous dites rien. On dirait que vous êtes fâchés.

— Pas du tout. Et on ne doit pas toujours parler. »

Alice répondit à son tour.

« Parfois on peut être dans ses pensées, c'est tout.

— OK. »

Ève replongea dans son jeu, Alice et moi dans le mutisme, nos regards se croisant pour confirmer que ce n'était pas tout. Notre capacité à masquer n'était peut-être pas si optimale, ou les tensions étaient moins latentes, plus fortes qu'avant. Cinq rangées de tables plus loin, j'aperçus un individu de petite taille dégarni que je reconnus, je l'avais vu aux réunions, mais je ne retrouvais pas son nom. Il hocha la tête pour me saluer, avenant, et saluer Nils qui réagit lui aussi par un hochement de tête imperceptible. Thibault. Son nom me revint.

Je répondis d'un bref signe à mon tour, souriant avant de détourner les yeux, sans vouloir être désagréable mais pour signifier que ce n'était ni le lieu ni le moment de se parler ; comme quelqu'un qui croiserait un acolyte des Dépendants affectifs et sexuels anonymes et voudrait rester discret sur le sujet – personne n'étant au courant, un sujet qu'on n'abordait pas si frontalement, ou une période passée de sa vie. Alice surprit mon bref échange. Intriguée, elle regarda Thibault puis moi, fronça les sourcils.

« C'est qui ?

— Une connaissance de boulot. Il travaille pour un syndicat de producteurs.

— Mais il a salué Nils aussi, non ?

— Il a salué tout le monde. Pourquoi ça a l'air si bizarre ?

— Non, rien. Je croyais que. »

Alice ne finit pas sa phrase, me fixa, chercha à savoir si elle avait bien compris que je bluffais, ou si elle avait imaginé quelque chose d'improbable ; mais je restai impassible. Pour ma part je cherchais moins à diminuer ce froid entre nous, qui était devenu un abîme, qu'à le renforcer, d'autant que je me sentais suspect depuis ma rencontre avec l'État américain, très mauvais au mensonge. Le froid était ainsi préférable. Le froid m'était même nécessaire car revoir Virginie ne me semblait possible que si la relation avec Alice était plus glaciale encore, justifiant dès lors le droit d'envisager autre chose (mais pourquoi Alice l'entretenait aussi ou ne faisait rien de son côté pour l'arrêter ?). Le froid total me donna comme davantage ce droit deux jours plus tard.

Les immenses plaques d'acier circulaires de quatre mètres de haut créaient une impression de danger à mesure que les parois de la sculpture changeaient progressivement d'incurvation et que nous avancions, Virginie et moi, vers le centre de la spirale, nous embrassant une fois au milieu, avant de ressortir de l'œuvre immersive de Richard Serra pour poursuivre chacun de notre côté la suite de la rétrospective au Centre Pompidou. Après une nouvelle salve de SMS, on avait finalement déjeuné pour se retrouver ici, dans ce passage étrange et surprenant de l'aventure d'un soir à un début de relation quand, en arrivant au rendez-vous, on en sait plus sur l'autre physiquement que mentalement, le début de la relation résidant justement dans le fait de combler d'abord ce gap.

L'autre sculpture monolithique, en acier toujours, autour de laquelle nous circulions à présent, ressemblait à une proue de bateau coincée entre deux murs, la grande pièce devenue trop exiguë, et je me demandais ce que je pouvais attendre de cette relation. Où allait-on comme ça, ou plutôt où allais-je moi comme ça – car de son point de vue la question ne semblait pas devoir être abordée ? Alors que nous étions à la moitié des œuvres, elle voulut soudain faire l'amour, m'emmena vers les toilettes de l'étage. Je la suivis, surpris ; sobre je n'aurais pas pensé à le faire ici, pensant d'abord au risque d'être découvert. Mais l'État américain enleva son jean, ses seins dressés vers moi comme des aspérités dans une paroi rocheuse auxquelles m'accrocher (l'équivalent des Appalaches).

Dans l'espace réduit, nos corps se synchronisaient à nouveau parfaitement, tous deux non dans une escalade démonstrative de positions, mais au plus près d'une montée commune, cherchant à faire le minimum de bruit, nous retenant le temps où quelqu'un était entré, se lavait les mains, pour reprendre dès celui-ci reparti, une alchimie physique entre nous. Mais qu'y avait-il d'autre à part ça ? La relation n'était pas fondée, ou très cliché, j'y songeai lorsque nous nous défîmes de l'étreinte pour revenir dans la salle. Il fallait vivre les choses avant de les analyser, les juger, laisser le bénéfice du doute, ça restait une nouvelle expérience de l'altérité.

Flânant seul dans la ville après nous être quittés sur l'esplanade, je décidai à l'aventure des heures à venir, du chemin à prendre, comme des vacances, une mise entre parenthèses de mes questions, du sens profond de tout cela ; avant de la retrouver le surlendemain, la regardant en équilibre sur le pied gauche dans une salle du onzième arrondissement, tandis que son pied droit se posait sur sa cuisse gauche, jambe pliée. Et cette même sensation de vacances continuait.

27

L'État américain avait voulu que je vienne à son cours mi-yoga mi-méditation (ce qui aurait pu être un concept en soi : le *yogation*), techniques qu'elle pratiquait trente minutes par jour pour rester dans l'instant présent. Je l'avais suivie comme on va en Californie, pour se mêler à la population autochtone et faire comme eux : du surf, du roller, des veillées sur la plage de Big Sur avec bières et guitares autour d'un feu. Se laisser porter, fonctionner différemment. C'était même le propre des vacances, faire des choses qu'on ne faisait pas d'habitude.

Les participants mirent leurs mains paumes jointes au niveau du plexus, je fis de même après avoir enchaîné la posture du lotus, celle de la demi-sauterelle, puis les postures de la charrue et de la foudre (celui qui les avait nommées n'avait eu visiblement aucune crainte pour la crédibilité de la pratique sur le long terme), au milieu d'un groupe de gens aux allures aléatoires, habits larges et informes, allant du post-hippie au jeune en pré-burn-out. Ils partageaient leur concentration entre leur équilibre et les instructions du maître, à part une femme d'une cinquantaine d'années qui me regardait mine de rien, accomplissant les postures afin de me montrer l'étendue des possibilités de son corps encore ferme, à quel point elle était souple car elle s'entretenait.

Le tapis de sol me rappelait le tatami du dojo, mais l'odeur était moins âcre ici, l'ensemble plus doux, les mouvements lents, les visages décontractés – ce n'était plus des lions qui se battaient mais des chats qui s'étiraient ensemble. Je me demandais si je n'avais pas arrêté trop vite le karaté, même si à mon âge on faisait ce qu'on voulait, arrêter pour une question d'odeur n'était peut-être pas la raison la plus valable. J'enchaînai avec la posture du pigeon royal sur une jambe qui demandait une souplesse que je n'avais pas. La femme de cinquante ans me déroula de nouveau ses compétences comme une offre sur catalogue, avenante, avant de lever les yeux avec dédain quand je regardai à la place Virginie effectuer elle parfaitement la posture qui lui donnait une allure entre geisha et athlète russe de gymnastique au sol (analogies que la première n'avait pas en catalogue). Virginie le remarqua, me sourit en retour, fit un clin d'œil – un instant de perfection du monde.

Le maître était passé à la seconde partie du cours (méditation), expliquant d'une voix litanique, comme s'il récitait un mantra, qu'il fallait ressentir les points de contact du corps sur le sol, le torse s'ouvrir et se refermer lors de la respiration – son mouvement pareil à celui des vagues nous rappelait que nous ne faisions qu'un avec le monde. Yeux fermés, assis en tailleur, nous devions observer ce qui nous traversait l'esprit, nous familiariser avec la façon de fonctionner du cerveau : celui-ci était en permanence happé par un flux de pensées, sensations, émotions qui apparaissaient, disparaissaient et semblaient très réelles sur le moment alors que ce n'étaient que des épiphénomènes, des événements mentaux fugaces.

J'écoutais le maître en parler comme de voitures qui passaient sans cesse sur une autoroute, il était nécessaire d'apprendre à les regarder sans se laisser emporter par aucune ; parler d'un ciel toujours bleu derrière les nuages, il suffisait de prendre l'avion pour le constater ; de l'esprit comme un cheval fougueux qu'il fallait ramener doucement à soi pour le mener à l'arrêt. Le maître insista là-dessus, d'autant que le cerveau était habitué à détecter les informations négatives plus vite que les positives. Nos ancêtres surveillaient les possibilités de menaces dans un environnement hostile, guettant les bêtes voraces, le tremblement des feuilles alentour, et ils nous avaient passé leurs gênes inquiets (ceux n'en possédant pas n'ayant pas survécu pour transmettre quoi que ce soit). Il fallait faire comprendre au cerveau que les temps avaient changé. À force de pratique de la méditation, des modifications se faisaient dans les structures neuronales, réduisant le stress et l'angoisse au point de ne plus être y soumis, ni à la négativité, pareils aux lézards imperméables aux bactéries des carcasses en décomposition. Le maître s'était approché de moi comme si ça m'était adressé plus particulièrement, ajoutant qu'il ne fallait pas tant chercher à comprendre ses mots que les ressentir en soi et s'entraîner sans rien attendre de précis.

Nous arrivâmes au dernier exercice : chercher à atteindre l'état de conscience pure, lumineuse ; c'était elle qui permettait à ces pensées, émotions, sensations de surgir sans être pour autant affectées par ce flux incessant. L'image me vint d'un écran sur lequel étaient projetés tous les films possibles mais qui restait inaltéré. J'y portai attention, connecté à la masse informe qui prenait l'entièreté de mon cerveau qui ne m'apparut plus comme un ensemble flou mais bien comme une série de choses précises. Je regardais à distance le kaléidoscope de mon esprit, le croisement d'une multitude d'éléments que je n'avais pas identifiés comme tels, alors qu'une clarté semblait se faire ; dans la jungle touffue une clairière. Je rouvris les yeux à la fin de la séance. Calme. Là.

Être dans le présent n'était donc pas manquer de perspective, mais l'inverse, et cela pouvait être autre chose que se retrouver bloqué dans une seconde qui s'éternisait le temps que le Xanax mette fin à une crise d'angoisse. Je venais de toucher du doigt quelque chose de fondamental, regardais mes congénères se faire un signe de tête, bienveillants, acter le fait d'avoir partagé ce moment, intrigué que des gens à qui je n'aurais a priori donné aucun crédit puissent avoir accès à un savoir essentiel. Je pris le verre d'eau que me tendit un participant, regardai sa limpidité, le bus en ayant l'impression que sa limpidité échangeait avec la mienne. Ou c'était ces dernières semaines, Virginie, la direction prise récemment, qui fonctionnaient comme une cure de détox ? Décrassé par mes choix, éprouvant la vie plus que je n'étais éprouvé par elle. J'y pensais alors qu'Alice revenait de la salle de bains dans la chambre, brosse à dents en bouche, avant de se diriger vers le salon.

« Quoi ?

— Je n'ai rien dit. »

Cette fois, je ne pouvais pas dire si j'avais vraiment entendu Alice prononcer une parole ou si je sortais de mes pensées et avais cru manquer un épisode. Ou mes pensées étaient bruyantes et j'avais peur qu'elles s'entendent hors de mon crâne ? Fallait-il briser d'une façon ou d'une autre ce silence qui voulait peut-être dire mille choses mais devenait confus, cacophonique, à force de ne rien verbaliser, ne rimait à rien quand nous n'étions qu'à deux, allongés à trente centimètres de distance ? Mais il n'y avait rien à dire – ou rien qui puisse se dire sans mener vers une discussion périlleuse. Et je n'arrivais pas à être pleinement avec Alice car ailleurs dans ma tête.

Devant la Fondation Louis Vuitton le lendemain, je rejoignis, dans la queue de la billetterie, avec la même boule au ventre qui était un mélange de culpabilité et d'excitation, l'État de Virginie dont je visitais les principaux lieux touristiques, plus régulier avec elle, comme si j'en devenais résident. L'image l'avait amusée quand je la lui avais donnée devant le bâtiment, elle me dit que pour cela il fallait être dans l'État plus de six mois par an, avec un clin d'œil appuyé – l'image très littérale soudain.

28

La relation avec l'État américain me faisait redécouvrir des concepts oubliés liés à une relation naissante (romantisme fougueux, intensification du présent, survigilance aux réactions de l'autre), Virginie voulait qu'on soit tous deux au même niveau d'implication maximale, intrépides, sinon elle le prenait contre elle. Il y avait pourtant une gamme émotionnelle entre le désamour et la fougue dans laquelle je me situais moi, je le lui expliquai, ce n'était pas une déconsidération de la relation mais une question de personnalité, d'humeur plus égale.

En y réfléchissant, aller vers des extrêmes était un phénomène hormonal de son âge, des tempéraments agités, mais je me retins de lui dire que ses réactions pouvaient être déplacées au mien. Une relation ne devait pas, pour être forte, prendre toute la place, tout ravager (de même, les paroles de *Ne me quitte pas* avaient initialement été écrites dans une intention ironique), et l'implication dépendait d'autres facteurs – elle, nous deux ensemble – sur l'évolution desquels nous n'avions pas de prise.

L'État américain n'était pas d'accord. Elle avait peut-être raison dans l'idée – la fougue était plus défendable que la mesure –, ça ne changeait rien. Car c'était ce qu'on apprenait, il me semblait, au bout d'une analyse ou d'une habitude de soi : on pouvait avoir tort dans l'absolu sur ce que devraient être les choses, mais raison pour soi-même sur ce dont on avait besoin (et cela primait). Il en était de même pour elle qui resta sur sa ligne. Elle avait eu d'ailleurs une idée dans ce sens, dont elle me fit part tandis que la queue s'éternisait : trouver un projet de film qu'on pourrait faire ensemble, je le produirais et elle jouerait dedans ; une grande figure féminine qui avait fait avancer l'Histoire. Jusqu'ici elle avait eu des petits rôles dans des comédies et des séries, mais là ce serait un vrai grand rôle où elle apporterait quelque chose au monde en révélant un destin hors du commun. Elle me demanda ce que j'en pensais tandis que je cherchais plutôt à déconnecter, voulant de vraies vacances, mais elle y tenait, c'était une façon pour elle de renforcer le lien entre nous.

« Pourquoi pas. »

Je pris les tickets, elle chercha sur son téléphone.

« Anna Fischer, la première femme et mère à être allée dans l'espace en 1980.

— Moyen. »

Arrivés dans une salle à l'étage, seuls à part un vigile sur sa chaise, nous contemplions cinq chevaux empaillés, têtes plantées en hauteur dans le mur, les corps dans le vide, puis, plus loin dans l'espace dévolu à Maurizio Cattelan, un petit modèle en cire de Hitler à genoux, mains croisées devant lui, se recueillant ; mais je regardais moins Hitler que Virginie déambuler. Ou je regardais les œuvres autant que je cherchais où étaient les toilettes les plus adéquates, les indiquant à Virginie, qui hocha la tête en souriant comme les dernières fois (Fondation Cartier, Jeu de Paume, Grand Palais, Louvre, par ordre de classement d'adéquation des sanitaires à notre usage).

Reprenant la visite une fois ressortis, je me demandai, à force d'enchaîner les expositions et les quickies, si les œuvres d'art étaient notre porno à nous. Sans corrélation pourtant entre le travail de l'artiste et la qualité de notre relation physique – relativement moyenne à l'exposition de Jeff Koons la veille en dépit des pièces très sexuelles et explicites, et très bien à celle de Richter le jour d'avant malgré le côté sombre des œuvres. En ce sens, le choix de la suite du programme était très libre, Louise Bourgeois n'était ni mieux ni moins bien que Murakami. À moins que la ligne directrice ne soit pas les œuvres mais la multiplication des endroits illicites, des lieux d'art exclusivement (et non des administrations publiques, ceux le faisant là pouvant eux se demander si la République était leur source d'excitation).

« Ou une femme guerrière au Japon à la fin du XIXe siècle ? »

Elle me montra la photo d'une onna-bugeisha, une femme en habits de samouraï, cheveux tirés en chignon, l'air dur. J'étais sans avis. La femme samouraï était hors sujet, comme parler cinéma, j'étais plus réceptif à l'œuvre devant laquelle je me tenais, un petit rat mort suicidé affalé sur une mini-table en formica jaune dans une mini-cuisine, un mini-pistolet traînant au sol. Mais Virginie attendait que j'aie un avis.

« Il faudrait reconstituer le Japon de l'époque, il y a plus évident.

— Marina Ginesta ? Une reporter militante communiste pendant la guerre civile espagnole. Ou Maud Wagner, la première femme tatoueuse des États-Unis au début du siècle.

— C'est le même problème.

— Si elle a marqué l'Histoire, c'est forcément un film d'époque.

— Elle peut avoir marqué l'Histoire plus récemment.

— C'est possible de reconstituer une époque. »

Son ton devenait un reproche, comme si je coupais déjà les ailes du projet, le sous-dimensionnais alors qu'elle interférait avec la charge conceptuelle de l'œuvre devant moi. J'étais surpris de voir comment cela changeait si vite entre nous, nous en étions déjà à ce stade après quinze jours. Et je me redemandai si je ne ferais pas autre chose que du cinéma : changer de pays, produire des documentaires sur l'anthropologie, travailler pour une fondation dédiée à la sauvegarde de la planète. Ma valeur ajoutée n'était-elle que de faire avancer des projets de films ? En était-ce même une ? Ou chacun avait plusieurs cordes à son arc (donc moi aussi) ?

Virginie attendait toujours mon point de vue sur Maud Wagner. Faire semblant d'être concerné par son projet de film me prenait quantitativement moins d'énergie que de ne pas l'être, que cela crée des tensions et que je doive rattraper le coup ensuite. De toute façon, il y avait peu de chances qu'on avance réellement sur celui-ci, quel qu'il soit : une question de réalisme – monter un film avec elle dans le premier rôle – et de moyenne envie globale de ma part. Je dis juste :

« C'est pas un enjeu très fort.

— Et Sabiha Gökçen ? La première femme turque à piloter un avion de chasse à la fin des années 30. Le problème, c'est qu'elle est turque et je ne sais pas si je serai crédible en Turque.

— Il y a déjà eu un film sur Amelia Earhart, celle qui a traversé la première l'Atlantique en avion en solo. Dans un autre genre, il y a Yoko Ono, Diane Arbus. Ou les Pussy Riot, ce serait plus actuel, surtout la plus activiste, Nadezhda Tolokonnikova. »

Elle regarda sur son téléphone des photos de Nadezhda Tolokonnikova, lut en vitesse sur sa vie, la prière punk chantée par le groupe dans la cathédrale du Christ-Saint-Sauveur (*Vierge mère de Dieu chasse Poutine*). Elle sourit, elle sentait qu'on tenait quelque chose, vint mettre ses bras autour de mon cou et m'embrasser. Il y avait tout à coup entre nous un côté Arthur Miller et Marylin Monroe, ou Sophia Loren et Carlo Ponti entre vacances et séances de travail, un grand tout où Amour et Art se confondaient.

La salle suivante avait d'étonnant, pour cela, non le soleil artificiel immense d'Olafur Eliasson, les hauteurs infinies du plafond auquel l'installation était accrochée ou l'impression forte que la luminosité basse de l'œuvre faisait d'emblée sur les visiteurs, mais le revirement soudain de la relation entre l'État américain et moi quand elle demanda, sans détacher ses yeux de l'œuvre unique :

« Pourquoi tu es avec moi si tu es marié ? Quel sens cela a ? »

Sa peau reflétait la faible lumière jaune, je la regardais sans réponse à lui donner, décalant le moment d'y répondre, or elle attendait une réponse. Elle reposa la question en se tournant vers moi, la lumière reflétée à présent par ses pupilles donnait un éclat plus vif à sa question.

Elle avait raison, cela n'avait pas de sens.

Faire l'amour à répétition semblait surtout une façon de masquer le fait qu'on n'avait pas grand-chose à se dire. Les silences avec elle étaient différents de ceux avec Alice ; ils ne voulaient pas dire des milliers de choses, mais l'inverse, rien, un vrai silence. Retracer ma vie en la simplifiant manquait aussi de nuances, de justesse ; plus de détails auraient été nécessaires, mais je n'étais pas impliqué dans la relation au point d'avoir envie de les donner. L'association elle et moi ne fonctionnait simplement pas hors de territoires précis – endroits confinés, extrême présent –, comme un DVD impossible à lire en dehors de la zone concernée. Comme si en deux semaines on avait déjà fait le tour de notre relation, comme si cette femme était une toute petite île ou nous deux ensemble l'étions ; à l'inverse d'Alice qui était un pays, un continent, même s'il était inaccessible pour une raison récente et incertaine (climat politique instable selon le Quai d'Orsay, problème d'obtention de visa ou épidémie sévissant dans la région). Ou c'était moi qui n'arrivais pas à me fondre dans l'instant, l'esprit ailleurs, pas pleinement avec elle car avec Alice, cherchant donc plus à dévaloriser ma relation avec Virginie qu'à l'encenser, le discours d'un homme pas libre. Ou je n'étais pas suffisamment attiré par elle pour me rendre libre.

Et c'était dans ce sens qu'Alice commençait à me manquer : moins dans l'absolu de ce que devait être ma vie de couple (unie, familiale), moins en raison de la personne qu'était Alice (plus intelligente, plus subtile), qu'importe la pensée de ce qu'elle n'était pas par rapport à l'État américain (moins physique : condition, forme, sexualité), non en raison d'une culpabilité judéo-chrétienne ou d'une vision romantique, mais pour une raison plus intime, c'était ce que je sentais – et c'était peut-être ça l'amour au fond, quelque chose qui ne s'expliquait pas. Alice ne me manquait donc pas comparativement ou par défaut, mais tout court, parce qu'elle était ma femme (et il y avait quand même quelque chose à l'œuvre de l'ordre de la jeune Amérique versus la vieille Europe). Un cycle s'était donc mis en place malgré moi : parce que je pensais à Alice, je réduisais l'ampleur possible de la relation avec Virginie, et parce que j'étais moins présent avec Virginie, je pensais à Alice, sans pour autant être vraiment avec Alice – donc nulle part.

29

L'application immédiate de ces pensées était de mettre un terme au trip transatlantique, mais comment le lui dire ? Expliquer les raisons en détail me demanderait de replacer notre rencontre dans le contexte plus large de mon existence, ce qui prendrait un certain temps. Il fallait plutôt dire des faits simples : une incompatibilité, elle et moi n'étions pas sur la même longueur d'onde ; mais le dire dehors. Éviter la possibilité qu'elle soit dévastée ou furieuse, que cela se transforme en pleurs sonores ou cris qui empliraient la salle silencieuse, donne une scène embarrassante ; les autres visiteurs regardant sans savoir s'il s'agissait d'une dispute ou d'une performance confondante de réalisme.

Nous nous dirigeâmes vers les ascenseurs, j'évaluais toujours les options une fois entrés dans la cabine, à mesure que les chiffres diminuaient sur l'écran, mais inutilement car, après être sorti du bâtiment, l'État américain s'arrêta après quelques mètres et dit :

« Dommage, je trouvais qu'on s'entendait bien. »

Sans rien ajouter, elle m'embrassa avec la pudeur mêlée de gêne de celle qui aurait abordé chaleureusement quelqu'un dans la rue et se rendrait compte qu'elle s'était trompée, haussant brièvement les épaules avant de tourner les talons. Je restai immobile, surpris par la simplicité de la rupture, l'absence d'enjeu émotionnel. Les relations amoureuses de courte durée étaient en fait simples dans leur commencement et leur fin, comme monter dans un bus et en descendre s'il ne prenait pas le bon trajet (l'idée était relaxante). Je la regardai s'éloigner, étonné par l'arbitraire de la vie, le fait de rencontrer quelqu'un puis prendre très vite des chemins différents comme si cela n'avait jamais eu lieu – donner, reprendre.

Dans ma poche mon téléphone vibra, des nouveaux pitchs de Benjamin sans doute. Ce n'était pas Benjamin quand je décrochai, mais le dernier distributeur en lice pour *Le Dossier Guatemala* qui appelait pour dire qu'il ne financerait pas le film. Un élément inopportun s'ajoutait à ma journée, ou à ma vie en général dernièrement. Je l'écoutai étonné non par la logique en soi de les accumuler, mais par la froideur de sa réponse standard, dite mécaniquement après que je lui en avais demandé les raisons alors que la dernière fois qu'on s'était parlé son apport financier paraissait possible.

« Pas d'évidence au sein du comité, on n'est pas les mieux à même de défendre ce projet. »

Le ton de sa réponse était peut-être destiné à ne laisser aucune porte ouverte, s'assurer que je ne cherche pas à le faire changer d'avis. Cela me rappela soudain notre dernière conversation, le ton sec que j'avais eu avec lui, qu'il prenait peut-être à son tour pour me montrer que je l'avais cherché. D'un autre côté, c'était un projet de drame en moins, plus aucun projet toxique dans ma vie.

Plus aucun projet du tout.

VIII

We all need help sometimes

30

Traversant l'intervalle qui séparait l'ascenseur de mon bureau, je tournai la tête vers Eleanor et la vis seule dans la pièce, je lui demandai que personne ne me dérange pendant l'heure qui venait car j'avais besoin de me concentrer.

« Ni appel ni Benjamin. Personne. »

Eleanor ne comprit pas.

« Benjamin ? »

Je voulus pointer le siège vide à la table contiguë à la sienne et lui demander enfin le prénom de ce stagiaire, quand Benjamin revint pour s'asseoir, ne sachant pas lui non plus de qui on parlait.

Eleanor répéta la question.

« Quel Benjamin ?

— Laissez tomber. Personne. »

Je n'avais pas besoin de connaître son prénom en définitive, comme si Benjamin n'en avait jamais eu. Avant l'invention du langage, personne ne devait porter de prénom et ça n'avait pas empêché les humains de vivre ensemble. Dirigé tout entier vers mon bureau, j'en refermai la porte une fois entré. Une clé manquait, je voulais comprendre : comment en étais-je arrivé là et pour faire quoi ? Une opacité.

Rien n'était plus urgent que fermer les yeux, la tête dans mes bras croisés sur ma table, pas pour me concentrer mais pour me rendormir, être dans le rêve. Y être, sur le *Knock*, un bateau s'éloignant de l'anse de Puerto Pirámides, au sud de Buenos Aires, vers l'océan. À la barre, debout sur la trousse de premier secours comme escabeau de fortune, je trouve vite mes marques dans la conduite de l'engin malgré ma petite taille, longeant les falaises ocres pour laisser l'embarcadère à des milles derrière, abandonnant tout le reste dans le sillon, les drames et les comédies, les tensions avec Alice, les échanges organisationnels ; il n'y a plus que le paysage devant moi, l'air frais qui emplit mes poumons, me fouette le visage alors que je pénètre l'Atlantique. À trois cent soixante degrés l'océan est plus sombre, l'embarcation file au milieu des vagues, je sens mon cœur battre de plus en plus fort, heureux, sans m'inquiéter que ce surenthousiasme puisse être le début d'une attaque de panique, ni que quelque chose se soit pour autant rompu dans mon corps (anévrisme, vaisseau), ni me demander où est l'hôpital le plus proche où faire un électrocardiogramme dans l'urgence. J'aperçois soudain une baleine, qui surgit à cent mètres, ses nageoires comme des bras qui dansent, avant de retomber sur le flanc.

Moteur coupé pour l'observer, l'élan insensé bat la chamade dans ma poitrine, et je ne me demande pas non plus si on peut mourir de bonheur, si trop d'émotion peut se transformer en crise cardiaque quand le surenthousiasme devient une exaltation qui me coupe le souffle, mais je me laisse emplir par la sensation ; comme sur un cheval au galop, je me fonds dans son rythme, sans crainte.

Fouetter le vent, la terre battue des sentiers de forêt, à toute vitesse entre les branches, sur la plage, galoper encore, debout dans l'embarcation qui tangue, j'adapte mon point de gravité au roulis. Des images de Magellan sur ce même océan se superposent, de Cousteau, Melville sur l'*Acushnet*, son héros Ismaël sur le *Pequod*, tout cela n'a jamais semblé si réel, la densité du moment comme une drogue dure, aux aguets. Regardant l'horizon circulaire en silence, j'attends de revoir la baleine, avant de remarquer la tache sombre et gigantesque sous la coque et tout autour. La tache n'est pas l'ombre du bateau mais le corps colossal de l'animal, à trois mètres sous la surface. Presque à l'arrêt.

Sa queue bouge lentement, d'un mouvement fluide, le bateau se déplace à son rythme. Un coup brusque de celle-ci risque à tout moment de m'éjecter, être fatal, mais je ne ressens aucun sentiment de peur, seul le calme profond de l'ensemble, avec l'impression d'être tout petit par rapport à l'animal, et surtout devant le gigantisme de la nature, ce que je suis dans le monde. Et immense à la fois, à la mesure de l'animal, d'égal à égal – ni Magellan ni Melville, mais à ma place –, je ressens chaque chose précisément, le kaléidoscope du monde, les ondulations sous la surface, le ciel bleu, la clarté, la luminosité. Le soleil, les vagues, les embruns. Les couleurs, les sons, le relief. Profondément bien, je dépose toute inquiétude à mille pieds de profondeur pour qu'elle se dissolve dans l'immensité marine. Soudain, à deux mètres, l'animal sort sa tête qui mesure le quart de son corps long et lisse, d'un gris bleuté. Je le regarde, attiré par sa présence posée, ou c'est lui qui me regarde quand j'aperçois son œil qui ne bouge pas d'un millimètre.

Un ovale sombre étiré en pointe, entouré de balanes commensales (une espèce arthropode, les cirripèdes), sa pupille comme un trou noir dans lequel je plonge alors que la créature est démesurée et que c'est elle qui plonge dans mes yeux pour y déposer une infime partie de ce qu'elle sait. Une compréhension ancestrale du monde que devaient partager les éléphants, les orques, les tortues géantes, tout animal ayant vécu assez longtemps pour savoir ce qu'il fallait savoir de l'Univers. Mais quoi ?

La tête monumentale de l'animal est maintenant sur le côté, donnant l'impression que celui-ci me sourit, même si je ne sais pas si cela tient à la morphologie de sa bouche, comme pour dire que j'ai commencé un chemin, ne dois pas m'inquiéter. Sa gueule entrouverte laisse apparaître des centaines de longs fanons noirs, avant qu'il ne replonge dans les fonds marins, retourne à des centaines de mètres de profondeur abyssale pour ne laisser qu'une surface normalement agitée et moi au milieu de l'océan.

Apparition de la baleine. Disparition de la baleine.

Redevenu grand sans transition, j'aperçois mon reflet dans l'eau calme d'un lac de l'Ontario, l'embarcation sur laquelle je me tiens n'est plus le *Knock* mais une barque en bois. Les enchaînements qui suivent ne sont pas crédibles, le rêve me ramenant au port de départ qui n'est pas sur les côtes argentines mais Detroit. Le trajet en bus pour revenir à mon bureau, en passant par Düsseldorf, est très long, je finis par arriver devant Eleanor à qui je dis de ne pas me déranger – ni appel ni Benjamin, personne – avant de m'asseoir à ma table de travail et poser la tête sur mes bras. La position identique à celle que j'avais là quand je rouvris les yeux.

Le rêve n'avait aucun sens, ou il avait plein de sens différents : l'océan à nouveau, le rêve *bigger than life*, une boucle qui me ramenait à la réalité, à ma taille normale que je n'avais plus eue en rêve depuis longtemps. Était-ce bon signe ? Ou un meilleur signe aurait été, dans la logique, de rapetisser encore – mais le rêve était-il vraiment à interpréter ?

Un instant, je fus tenté de chercher la signification sur le Net. Mais elle importait moins que l'intensité, l'immensité que j'avais ressenties, ressentais toujours dans les tripes. L'idée me vint aussi que même si tout semblait réel, rien ne l'était car le rêve était une fiction de plus que je produisais.

31

J'écoutais, aucun bruit ; dans le bureau, le silence était total. Je me dirigeai vers la porte, l'ouvris pour vérifier que tout était normal, à sa place, que le monde n'avait pas disparu d'un coup. Eleanor et Benjamin travaillaient sans dire un mot, je les regardai, ils se tournèrent brièvement vers moi avant de s'y remettre. C'était étrange et relaxant ce même silence que sur l'océan, une absence de sons presque palpable. Et c'était inquiétant, ça pouvait autant être le signe d'une grande concentration que la bande-son d'une faillite à venir. Je refermai la porte.

De la main, je frottai le pincement à hauteur de ma joue afin d'effacer la marque laissée par la spirale du scénario du *Dossier Guatemala* sur lequel je m'étais endormi. En me rasseyant à ma table, j'essuyai le mince filet de bave sur le plastique de la couverture et ouvris le scénario au hasard : United Fruit, la CIA et Edward Bernays au cœur du système de propagande contre le nouveau régime guatémaltèque, fabriquant des fausses preuves pour prouver qu'Arbenz était communiste (réserves d'armes soviétiques interceptées au Nicaragua, tentative d'invasion du Honduras, manifestations antiaméricaines lors de visites de reporters américains au Guatemala), construisant un récit le plus réaliste possible afin de manipuler l'opinion publique américaine ; une mise en abîme, finalement, de la façon dont j'exerçais jusque-là mon métier, je contribuais à fabriquer des histoires les plus poignantes pour créer la plus grande désolation chez les spectateurs.

Je parcourus les pages, l'ensemble des moyens mis en place, la collusion d'intérêts d'hommes politiques pour favoriser une entreprise de bananes en dépit des aspirations de tout un peuple. Leur comportement était si opportuniste que ça devenait presque irréaliste, improbable, caricatural – or tout était vrai. De véritables personnages de comédie et la grossièreté des éléments utilisés pour étayer leur propos semblait déjà jouer avec les codes du genre. Le film m'apparut soudain sous un angle inédit ; au lieu d'une reconstitution objective des événements, prendre le point de vue d'Edward Barneys, le suivre en train de bâtir un mensonge avec la complicité du pouvoir pour renverser un gouvernement élu. Un récit potentiellement singulier, corrosif sur le capitalisme, le maintien des privilèges ; et les logiques à l'œuvre seraient plus évidentes en comédie.

Entre des choses opposées il pouvait y avoir une passerelle secrète, un lien invisible qui se dessinait là : les mêmes faits étaient un drame du point de vue de ceux qui subissaient les conséquences d'actes ou lois absurdes, et une comédie du point de vue de ceux qui décidaient impunément de ces actes ou lois absurdes. La comédie n'était donc pas un lieu caché dans la jungle à trouver avec une carte millimétrée comme j'avais cru, mais pouvait surgir de partout, selon l'angle, le biais choisi pour aborder un sujet. C'était la même chose pour la vie où il n'était pas question de blocs à réagencer mais d'être embarqué, pas à distance mais caméra à l'épaule, *embedded* comme les reporters suivant une armée. Pleinement présent aux événements. Dedans.

Le réalisateur que j'appelai pour lui annoncer la décision du distributeur, et lui dire que son film ne se ferait donc pas, eut pour réaction d'être abattu, puis furieux contre la Terre entière. Enfin il fut traversé par les deux simultanément, une déprime agressive due à sa jeunesse ou au fait d'en être expulsé d'un coup en se trouvant confronté à la réalité brute à laquelle il ne changerait rien. Puis il se tut pour digérer l'information.

Je pensais toujours à cette autre version possible de son projet, mais cela n'aurait servi à rien de lui en parler maintenant, il n'aurait pas été réceptif. Le réalisateur entrecoupa son silence de petits *hum* sans sens clair, comme s'il se perdait en direct. Pour terminer cet échange qui n'en était plus un, je lui dis qu'il y avait un timing aux choses et que pour ce projet ce n'était pas le bon, mais il en trouverait vite un autre.

« Tu crois ?

— Oui. Cette situation est classique de la vie des grandes œuvres : des crises avant un rebond. Tout passe toujours par là. »

Je ne savais pas si je lui parlais à lui ou à moi. Mais être encourageant ne me coûtait rien, comme si je savais quelque chose sur lui que lui ne savait pas : sur la phase qu'il traversait, le métier, la vie interne des récits. Cela me rappela la pancarte d'un SDF où était écrit *We all need help sometimes*, c'était vrai – c'était vrai pour lui, et je lui donnais une certitude à se mettre sous la dent, quelque chose qui le ferait avancer droit devant, le pas ferme. Comme je commençais à en avoir une pour moi, le brouillard se dissipant.

La question n'était pas quels films produire ou quels métiers exercer, ou les rapports entre fiction et réalité dans mes projets de films ou dans mes journées, mais comment vivre tout court, que faire des jours qu'on avait sur Terre.

J'eus le besoin d'être dehors. Dans la réalité uniquement.

32

La ville entière semblait recouverte d'une couche moelleuse (de l'herbe, du papier bulle, un tapis rouge, selon), j'avançais dans la rue droit devant, un pas après l'autre, sentant mes pieds s'enfoncer pour rebondir, mes mouvements amplifiés. La ville était offerte, autant de directions à prendre dans le large paysage devant moi. Les feux de croisement paraissaient avoir été coordonnés pour passer au vert à mon approche, me laisser rentrer du bureau en ligne droite quand la foule s'ouvrait telle la mer Rouge.

Je repensai à la baleine, son œil noir qui s'étirait d'un côté, j'avais cherché la solution dans les alentours immédiats de ma vie or il fallait fonctionner différemment ; je n'avais pas assez vécu ou qu'à distance, par images, écrans, théories, rêves, récits interposés, comme si mon existence avait été depuis toujours une forme de confinement.

Or le monde se composait de centaines de pays – cent quatre-vingt-treize selon l'ONU, trois cent vingt-quatre selon d'autres pour qui le monde était plus diversifié encore –, plus de sept milliards et demi d'humains. Des milliers d'expériences de vie étaient possibles, tout ce qu'était la réalité comparé à l'étroitesse de la mienne jusque-là, il suffisait d'ouvrir n'importe quel *National Geographic* pour le confirmer : les reliefs des steppes, les peaux burinées des pêcheurs des îles, les cités mayas pas encore découvertes mais qui se devinaient dans la jungle, les gangs du Honduras, le vent sur l'Arctique, la réclusion des tribus amazoniennes, des monastères au Ladakh, l'étendue des déserts de sable, sel, pierre, de mégapoles tentaculaires.

L'immensité du monde, c'était ça la vraie vie, ce qu'il fallait éprouver. Il ne s'agissait pas de barouder ni devenir un *wanderer*, mais de m'y confronter. Comme il ne s'agissait pas de ce qui était réaliste ou non, mais de ce que je décidais moi comme étant réaliste. Ma vie m'avait endormi et mon rêve m'avait réveillé, et j'avais soif.

Je pensai à Alice, j'avais été infernal ces derniers temps, elle avait raison, j'étais allé trop loin ; et la réponse à la triple question de savoir si je l'aimais pouvait être instinctive aussi. Il fallait apaiser les choses, arrêter cette spirale (c'était sans doute mon rôle), se recentrer sur l'essentiel, et je ressentais une forme de légèreté en ce dernier jour de mes trente-neuf ans, avant de terminer la première partie de ma vie. J'étais en bonne santé, mes enfants, mes proches aussi ; les drames arriveraient vraiment avec le temps qui passe, à soi ou aux êtres qu'on aimait, des maladies, le vieillissement ; aucun des miens n'avait été atteint directement par la violence du monde telle qu'elle se déployait de plus en plus. Il fallait en profiter, avec les moyens à disposition, toute la vie à disposition – maintenant, demain.

Commencer la seconde partie de ma vie sur quelque chose de pacifié, une plénitude, abolir les distances ; dans le froid glacial aménager avec Alice une entente, un igloo, de là réchauffer le climat, percer la couche d'ozone. Partager avec elle ce que j'avais compris, le mettre en application, vivre cette immensité du monde ensemble.

J'y réfléchissais sur le chemin du retour chez moi, apaisé, sûr. Les idées se développaient dans mon cerveau comme la poussée d'espèces végétales ordonnées à la perfection d'une forêt amazonienne millénaire, chacune à sa place. Je repensai soudain à Magellan – en raison de cet apaisement ou parce qu'une nouvelle façon de voir le monde prenait le dessus chez moi au même âge que lui. Magellan qui embarquait, après avoir convaincu Charles Quint âgé alors de dix-huit ans d'affréter une flotte de cinq navires et deux cent trente-sept hommes au départ de Séville pour mieux définir le partage de l'Asie entre les royaumes d'Espagne et du Portugal. Magellan à l'aube de la première circumnavigation qui n'était pas le projet de départ, mais bien rejoindre l'archipel des Moluques par l'ouest, le navigateur étant persuadé qu'il existait un passage entre l'Atlantique et l'océan Indien.

Après des mois de traversée, des mutineries – trois capitaines ne partagent pas ses vues et veulent se débarrasser de Magellan quand ils doutent de l'existence d'un passage vers l'ouest et de leurs chances de survie dans ces contrées désertes et glaciales ; après avoir envoyé un bateau de reconnaissance qui s'est échoué dans les environs du rio Santa Cruz ; après s'être réfugié en Patagonie, hivernant dans le port de San Julián, Magellan, à quarante ans, découvre enfin le cap qui marque l'entrée du détroit, près d'Ushuaia, il y a cinq cents ans.

Magellan commence alors l'exploration du chenal de Tous-les-Saints qui prendra son nom, à travers la terre qu'il nomme Terre de Feu car des feux de camp des Yamanas s'aperçoivent au loin pendant les vingt-sept jours qu'il lui faut pour atteindre de l'autre côté un océan calme, démesurément calme. La raison pour laquelle il le nomme *Pacifique*, ou c'est lui qui est en paix soudain, il y est arrivé, embrassant le monde semblable et différent devant ses yeux : il a trouvé l'accès permettant la première navigation autour du monde, dressé une nouvelle carte pour circuler à travers les continents.

Cela s'appliquait à moi, l'impression d'avoir une nouvelle carte pour circuler dans l'existence, trouvé un passage inédit, le monde semblable et différent – comme si ceci ne pouvait avoir lieu qu'à partir d'un certain âge. Un *mixed feeling* fait de détente, de justesse, d'excitation et toujours cette impression de clarté, un assemblage qui aurait pu porter son nom, *Magellan*.

Je levai la tête, regardai le ciel, il était bleu.

IX

Me voici

33

Dans la queue du supermarché au coin de ma rue, où j'étais entré pour acheter du champagne, le client devant moi était odieux avec la caissière, tendant des coupons de réduction périmés près de son visage, le ton menaçant. Je n'avais pas suivi tout leur échange, si ce n'est que la caissière ne pouvait rien en faire et le responsable n'était pas là, mais le client devenait de plus en plus agressif. La femme était mal à l'aise, cela ressemblait à une forme de harcèlement moral, un abus de la position de client. Je finis par demander au client s'il pouvait avancer, on n'allait pas y passer la journée, il reviendrait quand le responsable serait là.

Le client se retourna, il ne comprenait pas en quoi cela me concernait, je n'avais qu'à aller à une autre caisse si je n'étais pas content. Il n'y en avait pas d'autre ouverte, et ce n'était pas la raison de mon intervention, mais une pulsion élémentaire, un instinct de défense d'autrui. Il devait y avoir de la souffrance chez lui pour être si odieux, chaque personne était un combat dont on ne savait rien, mais la souffrance personnelle ne devait pas pour autant peser sur les autres, se muer en agressivité inutile, c'était un principe élémentaire du vivre ensemble. Je me rappelai le quatrième précepte du Dojo kun : *Agis toujours avec de bonnes manières*, et on ne pouvait pas laisser les connards prendre toute la place impunément. Donc je m'approchai de lui pour qu'il cesse et s'excuse auprès de la caissière qui avait aussi ses problèmes, sa journée difficile, comme si elle était maintenant sous ma protection. Il avança d'un pas.

« Tu veux te battre, connard ? »

Je répondis sans même réfléchir.

« Oui. »

Je ressentis une décharge d'adrénaline en lui faisant face. Le client fut surpris lui aussi par la tournure que prenait la situation, s'étant attendu à ce que je dise non, contraint maintenant d'aller plus avant ou de rebrousser chemin. Je ne savais pas si la principale raison de ma réaction était d'être outré qu'on puisse déployer une telle énergie noire au point d'emmerder le monde pour rien, ou si je voulais une victoire, songeant que le type devant moi prenait peut-être aussi des cours de karaté ou avait une disposition naturelle à se battre.

Hors de ma zone de confort, je pensai un instant que ce n'était a priori pas mon tempérament de chercher la confrontation, mais il était trop tard pour faire marche arrière. Il haussa la tête, recula ses épaules pour bomber le torse, et me toisa.

« Ben viens alors.

— OK. »

Je franchis d'un trait le mètre et demi qui nous séparait pour le laisser me frapper le premier, esquivai son coup pour refaire le coup de pied qui n'avait pas conclu le combat lors de mon dernier cours de karaté et qui le fit là ; cherchant le geste juste indépendamment des tensions accumulées de mon adversaire quand je n'en avais aucune et que cela me renforçait. Déstabilisé, l'homme se rattrapa à la bordure du tapis roulant de la caisse, se releva, essaya de me frapper à nouveau avant que je lui donne un coup de poing dans la figure en avançant d'un pas pour utiliser l'énergie transmise par le déplacement (oi zuki), et finir par une clé de bras en lui demandant s'il avait compris maintenant.

Je le regardai payer, reprendre ses affaires et partir en murmurant :

« Espèce de malade. Justicier de mes couilles. »

La caissière me sourit, hocha la tête pour dire merci, les autres clients derrière moi étaient contents également que l'interruption du cours normal des choses soit terminée. Une satisfaction circulait dans mes veines, une boucle se fermait, ou j'avais clos quelque chose de plus ancien encore, me rappelant mon rêve avec l'altercation sur le parking de l'hôpital. Mon souffle était étrangement calme malgré la tension réelle de la situation – un véritable esprit de glace dans un corps de feu – ou c'était l'effet du devoir accompli, le geste d'hygiène publique. Car si tout le monde prenait un connard et s'en occupait, les connards en puissance hésiteraient à développer leur plein potentiel. D'autant qu'il devait y avoir sur la planète plus de gens bien que de connards, ce serait donc vite réglé, en attendant le jour où ils comprendraient que nous étions tous faits du même bois, semblables – non des adversaires mais des partenaires dans ce monde.

34

Revenu à la maison, je rapportai aussi un livre dont Alice avait parlé deux jours plus tôt, acheté en passant comme un signe supplémentaire d'apaisement. Les enfants étaient déjà couchés, le dîner prêt ; de son côté Alice semblait être elle aussi dans une volonté affichée de paix entre nous, pas juste ce soir mais en général, souriante. Une démarche commune. On n'avait pas rediscuté depuis la dispute du petit déjeuner, ni désamorcé les problèmes entre-temps, mais la pulsion partagée d'améliorer les choses après des semaines de froid était évidente, un instinct de survie du couple – qu'importe comment elle était arrivée à la même conclusion de son côté, ses raisons.

Nous étions dorénavant tous deux sur la même longueur d'onde, nous prenant dans les bras, discutant légèrement comme s'il n'y avait pas eu de tension depuis plusieurs semaines, mois, ni même avant, jamais eu de froideur ou d'années-lumière entre nous, qu'il n'y en aurait plus, qu'on valait mieux que ça, qu'on était mieux que ça.

Alice me regarda, fit semblant de réaliser.

« Demain je sortirai officiellement avec un vieux.

— Tu n'as que deux ans de moins.

— C'est un monde de différence. »

Alice attrapa mon portable sur la table pour me prendre en photo, garder une trace de ma jeunesse en ce dernier jour.

« Capturer le dernier éclat. Comme les dernières lueurs d'une étoile avant qu'elle ne meure ».

Elle glissa son doigt sur l'écran en souriant, fit défiler les photos, cherchant celle qu'elle venait de prendre pour me la montrer, mais elle s'arrêta soudain.

« C'est qui ? »

Devant la photo de Tessa.

« Qu'est-ce que cette photo fait là ?

— C'est par rapport à un projet de film. »

La constance de l'explication était à mon crédit, je me rappelais le lui avoir déjà dit quand mon rêve était réapparu.

« Peut-être l'actrice pour un rôle.

— Ça a un rapport avec ton rêve ?

— Quel rêve ?

— Si. Celui que tu as fait.

— Ah ça. Non. »

Alice regardait toujours la photo, perplexe.

« Pourquoi tu l'as prise ? C'est pour le rôle principal ? Vous voyez qu'une seule actrice ? C'est quoi comme projet ?

— Ce n'est pas un projet précis, mais plus pour se donner des idées avec le réalisateur, comme Fellini quand il organisait des castings thématiques : des femmes très volumineuses, des géants. Pour rencontrer des personnages avant d'écrire. »

Alice n'était pas convaincue.

« C'est bizarre. Sans pitch de départ ? Juste une naine ? Pas d'autre base au projet ? »

J'eus envie de rectifier, dire *personne de petite taille*, mais ce n'était pas l'enjeu, ni à quoi ressemblerait ce projet. En même temps cela crédibiliserait mes propos, j'y réfléchis. Un film tourné à hauteur d'un personnage d'un mètre quarante, le monde vu de moins haut, plus d'éléments obstruant l'horizon, d'obstacles quotidiens, une immersion d'une heure et demie qui permettrait de mieux s'identifier à lui, ses problématiques ; Alice examinait toujours l'image.

« On dirait que vous êtes dehors en train de fumer une cigarette en buvant un verre le soir. C'est où ? »

Ma réaction à présent devait être plus bizarre que la présence de cette photo, toute mon attitude disait que c'était un mensonge ou une explication bidon, qu'il y avait autre chose derrière (qui était moins Tessa que Virginie). Alice n'attendit pas la réponse – pour elle j'étais dans un trip étrange. Je répondis que ce n'était pas étrange d'avoir la photo d'une actrice dans son portable alors qu'on savait tous deux que ce n'était pas une actrice, même si ça n'avait toujours pas été verbalisé par elle ou par moi. Je finis par lui dire que mon rêve avait continué, mais il s'était terminé récemment, ou cela le semblait ; du moins j'avais compris quelque chose d'essentiel.

Je tentai de lui expliquer l'ensemble des éléments complexes des dernières semaines – Biden, Macron, les drames, une meilleure version de moi, Daffy Duck, être dans le présent, vivre tout court – qui menaient à du très simple et nous concernait : plus de sept milliards et demi d'humains, des millions d'endroits, de façons de vivre, et on en connaissait quoi ? On vivait lesquelles ?

Se plonger dans le monde à quatre, le traverser, voilà ce qu'on devait faire, pas en voilier ni en trekking, pas un principe théorique mais un projet commun ; vivre avec les enfants au Brésil, en Afrique du Sud, en Nouvelle-Zélande, en Inde, en Argentine. Tout ce qu'il y avait à vivre, tout ce qu'était l'être humain sur cette planète. Le monde serait toujours plus grand que nos vies mais on pouvait les agrandir. Découvrir, voyager, être *embedded*. Partir déjà un an avec Nils et Ève faire un tour du monde, une expérience, leur faire vivre des choses différentes, les confronter à tout ce qu'était la réalité, directement.

Ce n'était pas une révélation mais juste l'identification d'un manque que je ressentais depuis quelque temps, une nécessité, un besoin. L'envie qu'on partage cela, qu'on le fasse ensemble.

« Ça, c'est toujours ta crise de la quarantaine.

— Pas du tout, c'est juste qu'on change, tout peut être changé. C'est compliqué à expliquer ou à comprendre, je sais. Mais ça m'a permis de mettre le doigt dessus, ouvrir les yeux. »

Alice ne semblait pourtant pas comprendre ce que je lui disais, ou elle comprenait mais ne me suivait pas, ne le voulait pas, tout son corps exprimant l'interrogation ou la distance. Le fossé d'incompréhension entre nous était devenu un canyon.

« Et ton boulot ?

— Je veux faire autre chose de toute façon, et j'ai arrêté tous mes projets en développement. Je suis arrivé au bout d'un cycle.

— Et celui avec les nains ?

— Oui mais c'est le seul, et on n'est qu'au début.

— Et on va se retrouver tous les deux sans boulot, ailleurs, sans autre raison qu'être ailleurs ? Et on va vivre de quoi ?

— On verra, on trouvera un moyen. D'abord on décide ce qu'on veut faire puis on s'organise. Le but, c'est justement de trouver un projet, le décider.

— Mais je n'ai pas envie de ça. Je n'ai pas besoin de tout changer, ma vie est bien ici, j'aime mon travail. Et on ne se parle pas, on ne partage rien depuis des semaines, et là il faudrait tout arrêter pour partir ensemble ? Tu fais comme si seul cela existait à présent, dans une poussée d'enthousiasme soudaine sur nous après des mois à nous éviter, ce qui pourrait aussi ressembler à de la cyclothymie ou un trouble bipolaire.

— OK, mais on va bien se réconcilier. Et autant avoir ça comme horizon, c'est beau. C'est une expérience de vie.

— Pour les enfants, c'est pas idéal.

— Pourquoi ? Au contraire.

— Ils sont heureux dans leur vie ici.

— Ils seront aussi heureux ailleurs. Et ce sera enrichissant.

— Hum. »

J'attendis la suite, mais elle se mordit la lèvre sans rien ajouter, sa tête oscillant latéralement pour dire non alors qu'elle me fixait.

« Donc tu ne veux pas, même pas dans l'idée ?

— Pas maintenant, peut-être un jour. On peut commencer par faire un mois en sac à dos tous les quatre, si tu veux.

— C'est pas ça, je te parle de vivre autre chose, différemment. De rendre les choses plus intenses, plus fortes. On n'a qu'une vie.

— On n'est pas toujours sur le même rythme. »

Le canyon entre nous était plus large encore, plongeant plus loin dans l'incompréhension. Si tout ne devait pas se partager (comme devenir vegan, faire du jogging ou arrêter de fumer), là c'était la base. Sa réaction était inattendue, même si je n'en avais attendu aucune, j'étais déstabilisé soudain, étonné, déçu. Je lui dis qu'on ne pouvait pas être aussi fermé à quelque chose de si important, il n'y avait pas que la France, et elle ne pouvait pas être contre l'enthousiasme d'un bloc, elle pouvait y réfléchir.

« C'est pas être contre ton enthousiasme, c'est être réaliste. Et je n'ai pas besoin d'y réfléchir. Et j'aime bien la France.

— C'est pas une question de si on aime ou non la France. Il y a des centaines d'endroits où vivre. Si on voit les choses comme ça, on ne fait plus rien. C'est aussi réaliste si on décide de le rendre réel.

— C'est pas ça non plus, c'est pas cette réalité-là que je veux. Tout changer ne va rien résoudre d'un coup. Et quel rapport avec elle ? »

Elle pointa Tessa sur mon téléphone qu'elle avait gardé en main. La question demandait réflexion, mais elle n'en laissa pas la place.

« Je me fiche des raisons au fond, que tout ça soit un trip, une forme de folie, des conneries pour justifier que tu en aimes une autre ou que tu ne m'aimes plus. Il y a un truc que tu n'as pas résolu.

— Ce n'est pas ça. Et ce n'est pas un trip. Justement c'est résolu.

— Ce n'est en fait même pas le problème. Ce n'est même pas toi. Quelque chose ne va plus entre nous, pas seulement ces dernières semaines. Je croyais que ça allait s'améliorer, que tout reviendrait à la normale, mais non. Tu ne te rends pas compte que les choses ont changé. »

Je lui dis que si, on n'avait pas été assez vigilants ; elle répondit qu'elle avait voulu être dans des actes, pour essayer que ça fonctionne.

« Et là c'est pire. On ne se comprend plus. On ne veut pas du tout la même chose. Ça ne sert plus à rien, on va encore plus se disputer. Et ce n'est même pas une question de faute. Ça ne me convient plus, on n'est plus un couple, plus autant qu'avant. Je ne nous reconnais plus. »

Elle tournait dans la pièce, je comprenais très bien où elle voulait en venir, pas géographiquement mais dans la discussion – vraisemblablement elle s'était demandé aussi combien de temps il était acceptable pour deux individus de ne plus être d'accord, et elle y répondait maintenant –, mais j'agissais à l'inverse, comme si je ne voyais pas pourquoi on en arrivait là. Confronté à une décision que je pensais pouvoir empêcher, je ne savais plus ce que je voulais. Revenu pour que les choses s'apaisent, la retrouver, j'étais pourtant d'accord avec elle sur le fond. Pour une fois, nous étions tous deux sur la même longueur d'onde, chacun dirigé possiblement vers son horizon pour un temps, ou définitivement quand elle dit :

« C'est fini entre nous. »

Dans la chambre, elle mit des affaires dans un sac, revint dans l'entrée, devant la porte qu'elle ouvrit, elle allait dormir ailleurs.

« On verra ce qu'on dira aux enfants. Demain je viendrai les chercher tôt, je leur avais promis de les emmener au cinéma. »

Aucun baiser furtif avant de quitter l'appartement, mais elle fit un signe de la main pour dire salut. L'aorte coupée.

35

Dans la nuit, je me levai. Une nuit sans rêve ou pas celui auquel je m'étais attendu, juste un rêve inintéressant dont je venais de m'éveiller, dans lequel j'avais ma taille normale, cherchais dans les allées d'un supermarché de la *fish sauce*. J'errais dans l'appartement plongé dans le noir, ouvris le frigo pour prendre un yaourt, non, reprendre à la place le livre sur l'histoire de l'Univers, lire deux pages avant d'essayer de me rendormir vers cinq heures mais toujours aucune trace du rêve – le rêve comme fini. Debout une demi-heure plus tard, je m'étais levé définitivement pour m'asseoir par terre face à la fenêtre.

L'obscurité se dissipait avec le lever du jour, la lumière augmentait en intensité. Sur l'écran de l'ordinateur posé plus loin défilaient des photos en mode aléatoire : des images d'Alice à la maternité, Nils et Ève les premiers mois, les années suivantes, nos visages plus jeunes quand Alice et moi n'avions pas d'enfants, en vacances, dans l'ancien appartement – dix ans de vie qui semblaient proches et lointains. D'une certaine façon, j'avais cherché ce qui m'arrivait. Je ne savais pas si j'étais triste, plus léger, ou les deux, alors que le soleil apparaissait derrière les toits, au-dessus de la ligne des immeubles, progressait jusqu'au plancher de l'appartement, à mon visage tendu dans sa direction, à ma vie en chantier.

Je pensai au concept de la *midlife crisis*, comme si le corps ou l'inconscient avait incorporé une existence sur quatre-vingts ans. La notion n'avait donc pas dû exister du temps où les gens vivaient moins longtemps (jusque quarante ans justement), à moins que la crise de la quarantaine ne survienne alors comme un refus de mourir, une révolte face à la condition humaine qui s'était inscrite dans les gênes.

La nuit était derrière, j'étais content d'avoir atteint ce jour, de ne plus avoir devant moi cette échéance des quarante ans au-delà de laquelle je ne m'étais jamais projeté, jamais imaginé plus âgé – la suite vierge. Une liste aléatoire de personnes me vint en tête, je me demandais si l'événement majeur qui avait marqué leur destinée, le *defining moment* de leur vie, avait eu lieu avant ou après ce cap. Walker Evans, Gandhi, Jackson Pollock, Beethoven, Adam Smith, Ai Weiwei, Lévi-Strauss, Rodin, Martin Luther King, Oscar Niemeyer, David Bowie, Dostoïevski.

Une phrase de Francis Bacon disait : *On naît. On meurt. C'est mieux si entre les deux on a fait quelque chose.* C'était quoi cette chose fondamentale dans mon cas, d'autant que l'horizon devant moi était dégagé parce qu'il était dévasté : zéro couple, zéro projet ? Ce n'était pas une question de devenir président de la République – je repensai à Macron – ni de diriger un pays, mais ma vie.

C'était quoi ce *quelque chose* entre commencer le voyage, m'immerger dans le monde – je verrais où, quoi, comment ; ou avoir fait des choix et m'y tenir, approcher une forme d'éternité comme construire une famille avec Alice l'était ? Je pouvais autant prendre un vol pour Buenos Aires, faire en sorte qu'une baleine soit pour moi autre chose qu'une image issue d'un rêve ou un squelette dans une galerie du Muséum national d'histoire naturelle – commencer par là ; ou tout rattraper avec Alice parce qu'il était encore temps, le continent Alice que je n'avais pas exploré en entier. J'étais à la croisée, après une sorte de sabotage en bonne et due forme où il restait quoi à part Nils et Ève ?

Les deux étaient réveillés, plantés sur le seuil du salon, me voyant assis par terre, avant qu'Ève ne s'approche.

« Tu dors ?

— Non. »

Nils s'approcha à son tour.

« Un instant j'ai cru que t'étais mort.

— Mais non. »

Nils avait la bouille ensommeillée, je le rassurai ; j'avais envie de lui dire que je ne mourrais jamais – mais je ne le fis pas, cela n'avait aucun sens. Nils resta perturbé en y pensant.

« Si tu meurs, je sais pas comment je ferai pour préparer mon petit déjeuner. »

Derrière leur dos, ils avaient gardé en main des dessins, qu'ils me tendirent en m'embrassant – un cadeau emballé pour Ève, dans lequel je pouvais imaginer ce que je voulais, et son carnet pour Nils avec les premières pages de son film et, dessinée sur la couverture, l'affiche : *Ma vie est géniale. Un film pour tous publics, même pour les vieux.*

« Bon anniversaire, papa. »

Ève me regarda, intriguée.

« C'est vieux quarante ans. Il te reste combien d'années à vivre : deux, trois ? »

Nils n'était pas d'accord avec elle :

« Pas du tout. Au moins sept ou huit. »

Je leur dis qu'on pouvait vivre jusqu'à cent ans, j'aurais donc plus qu'assez de temps pour leur apprendre à devenir autonomes sur le petit déjeuner. Ève réfléchit à voix haute au fait que sa mère et elle n'auraient pas cent ans en même temps. Elle fut dévastée à cette idée, pleura à chaudes larmes, répétant qu'elle voulait que sa mère et elle meurent en même temps (ce qui était plus une façon de chercher une solution à la peur infantile d'être orpheline qu'une vraie pensée de suicide collectif). Blottie dans mes bras, pour la consoler, je lui dis de penser à tout ce qu'elle aurait à vivre plutôt qu'à la mort : aller au CP, à l'université, choisir un travail, rencontrer un amoureux, faire des enfants (sans lui parler du reste des possibilités : chômage, divorce, maladies, angoisses, remboursement de crédit, progression du réchauffement climatique).

Je songeai en même temps que, si je vivais vraiment jusqu'à cent ans, je n'étais même pas à la moitié de ma vie, une vraie deuxième vie possible commençait – le temps à vivre immense.

Je repensai à Magellan, à Ulysse, à tout héros. À un moment celui-ci doit suivre sa voie, embrasser son destin. Le principe s'appliquait à moi maintenant et serait à rendre compatible avec mon rôle de père (même si mes enfants étaient déjà grands), une donnée séculaire : le héros doit à un moment partir. Le grand appel du monde était inscrit dans chaque cellule vivante, une force de vie primitive qui se propageait depuis des milliards d'années suivant son unique pulsion à avancer. Et le sabotage me sembla soudain décidé en sous-terrain, fait exprès pour me libérer, faire table rase, sauter le pas. Il avait fallu la déconstruction de ma vie pour le permettre, le rêve en avait créé les conditions, comme si c'était sa finalité. Car la folie n'était pas que les chemins les plus étranges puissent mener aux endroits les plus justes, mais de se comporter toujours de la même manière en attendant pourtant un résultat différent. Et je devais le faire seul, car si Alice ne voulait pas, que pouvais-je faire d'autre ? Une décision à prendre. Au bord de la falaise.

Je repensai à la petite lampe en forme de bougie plate que Nils et Ève avaient reçue à l'école, qu'il suffisait d'allumer pour activer Jésus, qui était plus activer sa croyance – pas une décision mais une conviction. Le rêve, ou toute ma vie, me menait ici. Et le moment de se lancer n'était ni simple ni indolore, mais je devais suivre mon instinct, me faire confiance. C'était peut-être ça mon *defining moment*, aller au bout de la logique. Plonger.

À la porte d'embarquement, une heure plus tard, on apercevait le tarmac de Roissy à travers les grandes baies vitrées. Alice était venue chercher les enfants, je les avais embrassés en leur disant que je partais en voyage mais que je reviendrais bientôt. Le vol pour Buenos Aires, pour lequel j'avais pris un billet, décollait dans une demi-heure. Parmi les rangées de sièges autour de moi, je scrutai les visages : des femmes ou des hommes seuls, des couples, des familles attendaient aussi le vol. Qui étaient-ils, pourquoi prenaient-ils cet avion ? Qu'allaient-ils faire là-bas ? Je repensai brièvement aux Japonais qui disparaissaient de la circulation, au milieu des autres passagers, sans rien entre l'horizon et moi. Je reprenais la pratique du monde là, réhabilitais ma disposition à l'aventure ; comme recouvert d'une nouvelle peau plus réactive, fragile, sensible.

Le monde était vaste, et la vie pouvait l'être autant.

Le panneau au-dessus de la porte d'embarquement s'alluma.

Je me demandai un instant si cela avait un sens. Avais-je bien décodé les signes ? Existait-il même des signes ? Tout cela était peut-être toujours une fiction que je m'inventais, pas la réalité (ou pas la mienne, tangible et concrète, que je m'apprêtais à laisser). Mais où se situait la frontière entre les deux ?

Qu'importe. On avait les réponses que l'on se créait. J'étais là maintenant, alors que résonnait dans l'aéroport l'annonce que l'embarquement du vol pour Buenos Aires commençait porte 18.

Dans la file, un homme de petite taille arriva en même temps que moi, passeport en main. Je le laissai passer. Il avait mon âge, et d'une façon il me ressemblait. L'homme se retourna pour me remercier d'un signe de tête. Je lui souris, s'il avait fallu encore un signe, il était devant moi.

Cet ouvrage a été mis en pages par

<pixellence>

CET OUVRAGE
A ÉTÉ ACHEVÉ D'IMPRIMER
SUR ROTO-PAGE
PAR L'IMPRIMERIE FLOCH
À MAYENNE EN MARS 2021

N° d'édition : L.01ELJN000865.N001. N° d'impression : 97838
Dépôt légal : mars 2021
Imprimé en France